CHAQUE PIÈCE, 20 CENTIMES.
156e et 157e LIVRAISONS.

THÉATRE CONTEMPORAIN ILLUSTRÉ

MICHEL LÉVY FRÈRES, ÉDITEURS,
RUE VIVIENNE, 2 BIS.

# LA PRIÈRE DES NAUFRAGÉS

DRAME EN CINQ ACTES

PAR

MM. D'ENNERY ET FERDINAND DUGUÉ

REPRÉSENTÉ POUR LA PREMIÈRE FOIS SUR LE THÉATRE DE L'AMBIGU-COMIQUE, LE 20 OCTOBRE 1853.

## DISTRIBUTION DE LA PIECE.

|  | |  |  | |  |
|---|---|---|---|---|---|
| CARLOS (grand 1er rôle) | MM | CHILLY. | PREMIER MATELOT. | MM. | RICHER. |
| BARABAS (1er comique jeune) | | LAURENT. | DEUXIÈME MATELOT. | | LAVERGNE. |
| RAOUL DE LASCOURS (deuxième 1er rôle) | | DELAFOSSE. | UN OFFICIER. | | |
| GEORGES DE LAVAL, (rôle de convenance) | | MAURICE COSTE. | LOUISE DE LASCOURS. / OGARITA. | Mme | MARIE LAURENT. |
| HORACE DE BRIONNE, (jeune 1er rôle) | | CH. LEMAITRE. | LA COMTESSE DE THÉRINGE (mère noble) | | MÉSANGES. |
| MEDOC | | MACHANETTE. | DIANE (jeune première) | | SANDRE. |
| UN SECRÉTAIRE D'AMBASSADE | | DEPRESLE. | MARTHE, âgée de six ans. | | MARIE DE BREUIL. |
| UN INTENDANT | | MARTIN. | | | |

*La scène se passe vers 1705 dans les deux premiers actes, et quinze ans plus tard dans les trois derniers.*

## ACTE I.

A bord de la corvette *l'Uranie*. — Le pont d'un bâtiment du temps de Louis XIV.

### SCÈNE I.

RAOUL DE LASCOURS, LE SECOND, MATELOTS.

RAOUL.

La voilure de nuit a-t-elle été bonne, monsieur?

LE SECOND.

Faible, capitaine.

RAOUL.

Le vent paraît très-maniable, ce matin!...

LE SECOND.

Oui, capitaine. Nous avons dehors les basses voiles et les huniers.

RAOUL.

Eh bien, monsieur, il faut augmenter de toile.

LE SECOND, commandant.

Range à hisser les bonnettes! (Après un silence.) En haut le monde. (Coup de sifflet du maître de quart. — Manœuvre.)

RAOUL.

La route est belle, et avant la fin de la semaine, on signalera les côtes du Mexique. (Élevant la voix.) Matelots de *l'Uranie*, demain, à pareille heure, si le temps ne change pas, nous gouvernerons sur Acapulco; ainsi, mes braves, espoir et courage!

### SCENE II.

LES MÊMES, LOUISE.

LOUISE.

Raoul! mon bon Raoul! (Elle court vers son mari; le second et les matelots retournent à leur poste.)

RAOUL.

As-tu bien reposé, chère femme?

LOUISE.

Non, j'ai passé une nuit affreuse!

RAOUL.

En effet, comme tu es pâle!

LOUISE.

Regarde-moi, mon ami... N'as-tu pas une mauvaise nouvelle à m'annoncer?

RAOUL.

Au contraire, nous touchons au terme de ce long voyage!

LOUISE.

Vrai!

RAOUL.

Je te le jure!

LOUISE.

Est-ce possible, mon Dieu!... Oh! j'ai cru que nous n'arriverions jamais.

RAOUL.

Dans quelques jours, tu embrasseras ta mère et ton frère; tu couvriras de caresses la Diane, ton autre fille chérie, et nos deux anges dormiront auprès de nous dans le même berceau.

LOUISE.

Quoi!... j'ai pu quitter ma fille, la confier à d'autres mains, rester séparée d'elle pendant trois années! Je suis bien coupable, Raoul, et j'ai peur que Dieu ne me punisse comme une mauvaise mère!...

RAOUL.

Toi! une mauvaise mère!...

LOUISE.

Oui, je n'aurais pas dû laisser Diane au Mexique en partant pour la France!

RAOUL.

Louise, tu n'es pas raisonnable, et tes paroles m'affligent!

LOUISE.

Que veux-tu... Je te répète que j'ai peur... Oh! si j'avais près de moi, sur ce terrible Océan, tout ce que j'aime au monde, je ne craindrais ni la tempête, ni le naufrage. La mort elle-même ne m'épouvanterait pas, car elle nous frapperait tous ensemble!..... Mais ce qui me déchire le cœur, c'est de songer que, si nous trouvions ici notre tombeau, nous laisserions sur la terre, sans abri, sans soutien, une pauvre petite orpheline qui ne se souviendrait même pas de nous!... Cette pensée-là me rend folle!

RAOUL.

Calme-toi, je t'en supplie.

LOUISE.

Ses enfants! Est-ce qu'on devrait jamais s'éloigner d'eux? Est-ce qu'il y a trop de toute une vie pour les aimer, pour les admirer, pour sourire à leurs jeux, s'enivrer de leurs caresses et leur aplanir les rudes sentiers?... Le sommeil, c'est presque un vol qu'on leur fait!... On devrait pouvoir veiller toutes les nuits pour les regarder dormir, ces beaux anges d'espérance et de pureté!...

RAOUL.

Eh bien! oui, pleure, ma Louise; pleure, là, sur ma poitrine! Ce sont de douces et saintes larmes que celles d'une mère!

LOUISE.

Raoul! je suis sûre que tu te reproches aussi de n'avoir pas emmené Diane en France!

RAOUL.

Le pouvais-je?... Voyons, réfléchis un peu. N'aurions-nous pas été coupables de l'exposer, elle, la plus jeune de nos deux filles, si faible et si souffrante, aux fatigues de cette longue traversée?... Il était plus sage de la laisser auprès de ta mère, de cette excellente madame de Théringe; c'est ce que nous avons fait.

LOUISE.

Ah! Raoul... nous n'aurions pas dû partir!

RAOUL.

Tu oublies que l'avenir de nos enfants dépendait de ce voyage... Depuis que la révocation de l'édit de Nantes a forcé nos familles d'émigrer au Mexique, nous avons connu le besoin, presque la pauvreté, et mon métier de marin suffisait à peine pour nous faire vivre; cette existence de labeur et de privations, nous l'avons supportée courageusement, mais notre devoir était de l'épargner à nos filles, et nous sommes allés recueillir en France quelques débris de l'héritage paternel que de hautes protections nous ont fait rendre. Nous ne sommes pas riches; mais du moins, grâce à ce voyage, nous ne léguerons pas à Diane et à Marthe le travail et la misère! Pour elles, hélas! c'est bien assez de l'exil!

LOUISE.

Pardonne-moi, mon noble Raoul; tu as agi en bon père et en honnête homme! Oui, tu es pour nous le meilleur et le plus sage des guides!... Ta voix est si persuasive, ton regard si calme, que mes folles craintes se dissipent, et quand ta main loyale serre ainsi la mienne, je crois à l'avenir, je crois au bonheur!

RAOUL.

Ce matin, Louise, lorsque tu as fait dire à Marthe cette prière si touchante qui te vient de ta mère et que tu as apprise à tes filles, j'ai eu, j'en suis sûr, la même pensée que toi.

LOUISE.

Laquelle?

RAOUL.

C'est qu'au même instant, agenouillée près de son aïeule, Diane adressait au ciel la même prière.

LOUISE.

Oui, c'est vrai!... Dieu veille sur nous, Raoul, et le temps des épreuves est passé. Admirons ensemble* les splendeurs du ciel et de l'Océan!... Il y a comme un baiser dans chaque pli de ces vagues, et comme un sourire divin dans chaque rayon de ce soleil! Oh! bénie soit la brise qui nous pousse au rivage où notre fille nous attend!... Diane! Diane! en vérité, je crois la voir à travers l'espace!...

RAOUL.

Ainsi, tu n'as plus peur? tu n'es plus inquiète?

LOUISE.

Non, mon ami, non! Je t'aime, et je suis heureuse!...

RAOUL.

A la bonne heure!... Mais où donc est Marthe?

LOUISE.

Je ne sais... (Elle fait quelques pas vers un groupe de matelots placés à l'arrière, et se rapproche vivement de Raoul.)

RAOUL.

Ho! sans doute avec son ami Barabas.

LOUISE, baissant la voix.

Dis-moi, Raoul, es-tu bien sûr de ton équipage?

RAOUL.

Pourquoi me demandes-tu cela?

LOUISE.

C'est que plusieurs fois... tout à l'heure encore... il m'a semblé qu'il y avait quelque chose de sinistre dans le regard de ces hommes.

RAOUL.

Pour le coup, ma chère, c'est de l'enfantillage.

LOUISE.

Oh! je ne me trompe pas... ces gens-là doivent me haïr!... Tiens, hier, le maître charpentier m'a regardée en face et a passé devant moi sans me saluer! Un instant après, le chef de timonerie, auquel j'adressais une question, a fait semblant de ne pas m'entendre, et comme j'insistais, plusieurs matelots se mirent à ricaner en haussant les épaules... un rire stupide et féroce, en vérité!

RAOUL.

Allons, décidément, tu rêves tout éveillée. (Barabas entre avec Marthe.)

## SCENE III.

LES MÊMES, BARABAS, MARTHE.

RAOUL, montrant Barabas.

Celui-ci, par exemple, n'a-t-il pas l'air bien terrible?

BARABAS.

Serviteur, capitaine... Bien le bonjour, madame la capitaine.

RAOUL, à Louise.

Tu ne frémis pas à son aspect?

LOUISE, souriant.

Ce pauvre Barabas!...

BARABAS, avec un gros rire.

Eh! eh! eh!

RAOUL.

De quoi ris-tu?

BARABAS.

Je ne sais pas, capitaine... Eh! eh! eh! vous avez l'air content, capitaine, madame la capitaine n'a pas l'air trop triste, et la petite capitaine est là qui me pinçotte le gras des jambes... ça me prouve que toute la famille est joyeuse, et ça me rend joyeux aussi... Eh! eh! eh! (Il s'assied et joue avec Marthe.)

RAOUL.

Brave garçon!... C'est le souffre-douleur de mademoiselle Marthe... un bon gros chien de Terre-Neuve!

MARTHE.

Aboie, Barabas, aboie donc...

BARABAS.

Ouah! ouah! ouah!

MARTHE.

Ah! comme tu aboies mal!

BARABAS.

C'est vrai...! C'est que j'ai un chat, mamzelle... Votre chien a un chat dans la gorge.

RAOUL.

Approche ici, matelot.

BARABAS.

Je ne peux pas, capitaine... la petite capitaine me tient par le nez... Tirez ferme, petite capitaine... il n'y a pas de danger qu'il se décroche, allez... Mais il faut que je me rende à l'ordre; tirez du côté du capitaine.

LOUISE.

Lâche-le donc, méchante fille!

BARABAS.

Ne la grondez pas, madame, c'est moi qui la dissipe. (Il se redresse.) Présent, capitaine!

RAOUL.

A la bonne heure, voici le marin français avec tous ses avantages. Dis-moi, matelot, tu aimes donc cette enfant-là?

BARABAS.

Dieu de Dieu! je le crois bien!... Si je l'aime! elle qui m'arrache le nez, qui me décroche les oreilles, et qui me pince dans mon gras... (Il se frotte le mollet.) Pour ça, oui, que je l'aime!

RAOUL.

Et pourquoi l'aimes-tu?

BARABAS.

Pourquoi?... (Riant bêtement.) Ah! ah! pour le coup, capitaine...

RAOUL.

Réponds.

BARABAS.

Dame! je n'en sais rien, mais je l'aime!

LOUISE.

Et si Marthe courait un danger, vous la défendriez, n'est-ce pas?

BARABAS, avec force.

Oh! pour ça, on peut y compter! (Hésitant.) Mais je n'en suis pas bien sûr.

LOUISE.

Comment?

BARABAS.

C'est que j'ai peur... d'avoir peur...

RAOUL.

Toi?... allons donc!...

BARABAS.

Oui, capitaine, j'ai des frayeurs féroces!

RAOUL.

En vérité... pourquoi alors t'es-tu fait matelot?... pourquoi n'es-tu pas resté à terre?

BARABAS.

J'avais peur des voitures.

RAOUL.

Et ceux qui te savaient si poltron ne t'ont point conseillé de choisir une autre carrière?

BARABAS.

Oh! que si!... il y a mon oncle Boitineau, fermier à Nanterre, d'où je suis, sauf votre respect, qui voulait me retenir de force, le jour de mon départ pour Dunkerque: il avait avec lui quelques voisins et huit garçons de ferme qui me barraient le passage et qui levaient sur moi de grandes gaules... A cette vue, v'là la peur qui m'empoigne, et il me vient des idées de griffer et de mordre. Je suis comme ça, voyez-vous, quand j'ai peur, je ne me connais plus; je deviens un véritable tigre!... aussi je me jette au milieu de mon oncle et de son peloton, je tape à droite, je rue à gauche, j'en couche deux par terre, je poche l'œil à un autre, je casse trois dents à mon oncle, je mets tout le reste en fuite, et je m'en vais tranquillement à Dunkerque... mais c'est égal, j'ai eu une fameuse peur ce jour-là. (On entend sonner la cloche. — Les marins entrent en scène.)

RAOUL.

Le déjeuner de l'équipage.

MARTHE.

Moi je reste avec mon ami Barabas.

RAOUL.

Et toi, Louise, veux-tu assister aussi au repas des matelots?

LOUISE.

Non, j'aime mieux que nous relisions ensemble ces précieuses lettres où ma bonne mère nous a raconté jour par jour l'enfance de Diane. (A Barabas.) Surtout ne la quittez pas un instant.

BARABAS.

Soyez tranquille, madame.

RAOUL, à un matelot.

Je vous le répète, avant huit jours *l'Uranie* entrera dans le port d'Acapulco.

LE MAITRE CHARPENTIER, à part.

Oui, compte là-dessus!

RAOUL.

Sur ce, bon appétit et double ration à chaque homme.

QUELQUES MATELOTS.

Vive le capitaine!

LOUISE, bas à Raoul.

Remarques-tu qu'ils n'ont pas tous crié?

RAOUL.

Viens donc, ma chère Louise. (Ils sortent.)

## SCENE IV.

BARABAS, MARTHE, LE MAITRE CHARPENTIER, Matelots.

PREMIER MATELOT.

Nom d'un foc, ce n'est plus du biscuit, c'est du caillou!

DEUXIÈME MATELOT.

Les rats eux-mêmes n'en veulent plus, il est temps que nous arrivions.

LE MAITRE CHARPENTIER.

Double ration!... Le capitaine est généreux à bon marché!

BARABAS.

Ne faites donc pas les bégueules: pour qui a faim tout est bon. — Quand je suis en appétit, moi, je mangerais une pièce de huit, avec ses bourres et son affût... Passe-moi les restes, Pacôme, et porte-toi mieux, monsieur le délicat. Vite de la tisane et des poulets rôtis, et du lacrima sacristi pour monsieur Pacôme... quel malheur! (Les matelots murmurent.)

PREMIER MATELOT.

Au diable! je ne veux plus de cette drogue!

DEUXIÈME MATELOT.

Ni moi! (Ils jettent leur biscuit, et plusieurs matelots les imitent.)

LE MAITRE CHARPENTIER, baissant la voix.

Patience, camarades, et notre sauveur accomplira ce que je vous ai promis en son nom.

TROISIÈME MATELOT.

Est-il d'accord avec le capitaine, ce sauveur-là?

LE MAITRE CHARPENTIER.

Que t'importe?

TROISIÈME MATELOT.

Dame! pour ma conscience, j'aimerais mieux ça.

LE MAITRE CHARPENTIER, à part.

Toi, je te raye de ma liste.

PREMIER MATELOT.

Est-ce que nous n'allons pas en finir?

LE MAITRE CHARPENTIER.

Laissez faire le maître, et attendez le signal.

DEUXIÈME MATELOT.

Nous sommes prêts!

LE MAITRE CHARPENTIER, à part.

Je peux compter sur ceux-là. Décidément, nous sommes en force. (Il s'éloigne.)

BARABAS.

Qu'est-ce que c'est? On ne mange plus, on a des airs sournois, on chuchotte dans les petits coins... c'est encore le maître charpentier, le père Médoc, qui vous ôte l'appétit et la gaîté avec ses histoires. Le père Médoc, c'est comme un mauvais génie qui a jeté un sort sur le bâtiment. Eh bien, moi, je fais les cornes au diable et je vais chanter *la riti* à ma petite maîtresse.

TOUS.

Oui, oui, chantons.

BARABAS.

Ah! je savais bien qu'ils n'y résisteraient pas! — *La riti,* c'est le beau temps et la paix du cœur! *La riti,* c'est le refrain du matelot sans reproche!... c'est une romance en six cent quatre-vingt-trois couplets, et quand on arrive au dernier, on se sent aussi pur que l'enfant qui va naître! — Écoutez bien, mamzelle; et vous, chantez d'aplomb, camarades.

Sur le pont
Notre capitaine,
Sur le pont
Lâche un gros juron;
Et du pont
Au mât de misène,
On répond
A ce gros juron :
Hisse!
Un matelot, qui de rhum se régale,
Pendant ce temps, chantait à fond de cale.
Ti ti, ti ti,
Ti, la, riti.
Hisse
La drisse,
La drisse (*bis.*)
D'amont.
Ah! chantait-y,
Ah! chantait-y,
Son ti ti,
La ri ti!
Sous le pont
Notre capitaine,
Sous le pont
Trouve le larron!
Puis il fond
Sur lui, la main pleine
D'un fouet, long
Comme un aviron.
Hisse!
Puis, arrachant la culotte et la veste,
Il lui chatouille et le dos... et le reste!...
Ti ti, ti ti,
Ti, la, ri ti.
Range à carguer, (*bis.*)
A carguer
Le hunier.
Ah! chantait-y,
Chantait-y,
Son ti ti,
La ri ti!...

Troisième couplet... il n'en reste plus que six cent quatre-vingt-un.

LE MAITRE CHARPENTIER, rentrant.

Attends un peu, Barabas, j'ai fait aussi le mien, et le voici!

Le seul port
Qui nous fasse envie,
C'est le port
Où coule l'or!
Quel trésor
Pour toi, l'*Uranie*,
On va d'or
T'emplir jusqu'au bord!
Hisse!
Nous chanterons sans toi, mon capitaine,
Depuis le pont, jusqu'au mât de misène,
Ti ti, ti ti,
Ti, la ri ti,
Pare à virer,
Laisse, (*bis.*)
Laisse
Arriver!
Ah! chantait-y,
Chantait-y,
Son ti ti,
La ri ti!

BARABAS, à part.

Ah! le gredin! il m'a empoisonné ma chanson!

TROISIÈME MATELOT.

Ça n'est pas vrai, ce conte d'or, mais c'est beau tout de même, j'en ai comme un tintement dans les oreilles!

LE MAITRE CHARPENTIER.

Et si c'était vrai!

TROISIÈME MATELOT.

Allons donc!

LE MAITRE CHARPENTIER.

Une question, matelot.

TROISIÈME MATELOT.

Dites.

LE MAITRE CHARPENTIER.

Regarde un peu de ce côté... regarde bien... vois-tu la terre?

TROISIÈME MATELOT.

Nenni!

LE MAITRE CHARPENTIER.

Supposons que tu la voies.

TROISIÈME MATELOT.

Bon!

LE MAITRE CHARPENTIER.

Supposons, de plus, qu'il y ait sur le rivage des montagnes de louis d'or.

TROISIÈME MATELOT.

Bon!

LE MAITRE CHARPENTIER.

Que ferais-tu?

TROISIÈME MATELOT.

J'irais en remplir mes poches.

LE MAITRE CHARPENTIER.

C'est tout naturel!

TROISIÈME MATELOT.

Pardine!

LE MAITRE CHARPENTIER.

Et si monsieur de Lascours s'y opposait, si ton capitaine commandait une manœuvre qui t'éloignât à jamais de ce rivage: alors, que ferais-tu?

TROISIÈME MATELOT.

Dame!

BARABAS, vivement.

Tu obéirais, matelot, tu resterais à ton poste, à moins d'être un déserteur et un traître!

PLUSIEURS MATELOTS.

Oui, oui, Barabas a raison!

LE MAITRE CHARPENTIER, à part.

Je suis fixé, vingt-quatre pour nous, et six pour eux.

LE SECOND, au dehors.

Tout le monde à la manœuvre!

BARABAS.

A la manœuvre! (Les Matelots s'éloignent en échangeant des signes d'intelligence avec le Maître charpentier.) Père Médoc, je ne comprends rien à toutes ces manigances, mais je finirai par avertir le capitaine!

LE MAITRE CHARPENTIER.

Malheureux! si tu t'en avisais...

BARABAS.

Ah! c'est bien heureux pour vous, père Médoc, que je sois un poltron, sans ça je vous dirais votre fait, voyez-vous...

LE MAITRE CHARPENTIER.

Qu'est-ce que tu dirais?

BARABAS.

Si j'avais du courage, moi, Barabas, né natif de Nanterre et matelot de *l'Uranie*, je vous dirais que depuis notre départ, vous montez la tête des camarades avec vos satanées histoires; que vous embauchez l'équipage au profit du diable; que vous êtes un gueux, un brigand, une canaille, un pas grand'chose, un rien du tout... mais je ne suis qu'un poltron, et j'ose pas vous le dire... (A part.) C'est égal, ça y est tout de même. (Haut.) Sans rancune, père Médoc! (Il sort en courant.)

LE MAITRE CHARPENTIER.

Je te retrouverai!

BARABAS, au dehors.

Ti, ti ti.ti, la riti.

LE MAITRE CHARPENTIER.

Oh! tu me le payeras!

## SCENE V.

LE MAITRE CHARPENTIER, CARLOS.

CARLOS.

Qu'y a-t-il donc?

LE MAITRE CHARPENTIER.

Oh! rien! monsieur le passager!

CARLOS.

Tu te disputais, il me semble.

LE MAITRE CHARPENTIER.

Avec ce moucheron de Barabas.

CARLOS.

Barabas?... est-ce un des nôtres?

LE MAITRE CHARPENTIER.

Dieu merci, non! je ne lui en ferai que mieux son affaire.

CARLOS.

Alors, nous avons toujours des récalcitrants?

LE MAITRE CHARPENTIER.

Oh! si peu!

CARLOS.

Combien?

LE MAITRE CHARPENTIER.

Six.

CARLOS.

Pas davantage?

LE MAITRE CHARPENTIER.

Non, monsieur...

CARLOS.

Détaille-les.

LE MAITRE CHARPENTIER.

Il y a le second qui ne sait rien, le mousse Camuset qui ne comprend pas, les nommés Boursicot, Tronche et Délicat, des matelots frileux, et ce coquin de Barabas... total, six.

CARLOS.

Tu te trompes.

LE MAITRE CHARPENTIER.

Comment?

CARLOS.

J'en trouve huit, moi.

LE MAITRE CHARPENTIER.

Par exemple!

CARLOS.

C'est que tu oublies le capitaine, monsieur de Lascours.

LE MAITRE CHARPENTIER.

Celui-là ne compte pas.

CARLOS.

Il compte au moins pour deux, je t'en réponds!

LE MAITRE CHARPENTIER.

Soit, ils sont huit.

CARLOS.

Et nous?

LE MAITRE CHARPENTIER.

Vingt-quatre, et des plus solides.

CARLOS.

C'est assez.

LE MAITRE CHARPENTIER.

J'espère que vous êtes content de moi, monsieur Carlos, car j'ai rudement travaillé pour ma part : en quittant Dunkerque nous n'étions que dix; au cap Horn, j'en avais gagné six autres, et maintenant nous voilà vingt-quatre... Ah! j'ai eu beaucoup de mal, car ces diables de matelots ont la tête dure et l'honneur tendre.

CARLOS.

Aussi, maître Médoc, seras-tu récompensé comme tu le mérites.

LE MAITRE CHARPENTIER.

A quand les violons?... Je n'ai pas de conseil à vous donner, monsieur Carlos, mais vous savez qu'on arrive, que l'équipage est impatient, que la mèche peut s'éventer...

CARLOS.

Va demander à monsieur le capitaine Raoul de Lascours s'il veut bien faire, au passager Carlos, l'honneur de le recevoir.

LE MAITRE CHARPENTIER.

Je pourrai donc bientôt tordre le cou à ce vilain poulet!

CARLOS.

Qui menaces-tu de la sorte?

LE MAITRE CHARPENTIER.

Barabas, qui gambade là, sur l'avant, avec la fille du capitaine.

CARLOS.

Elle est fort gentille, cette petite Marthe! (Marthe entre en courant, suivie de Barabas.) Est-ce que je te fais peur, mon enfant?...

BARABAS.

Mais oui, vous lui faites peur... et lui aussi, là-bas, le père Médoc... qué requin que ce père Médoc! (Il sort en emportant Marthe sur son bras.)

LE MAITRE CHARPENTIER.

Je vais faire votre commission.

CARLOS, le retenant.

A propos, Médoc...

LE MAITRE CHARPENTIER.

Plaît-il, monsieur?

CARLOS.

Quand tu remonteras, ne perds pas de vue cette enfant.

LE MAITRE CHARPENTIER.

Convenu. (A part.) Quel homme! il pense à tout! (Il descend chez le capitaine.)

CARLOS, seul.

Un délicieux tableau! La mer est d'un calme parfait, le vent caresse les voiles, le soleil dore les cordages, et cette petite fille qui joue, complète un ensemble très-pittoresque de repos, de lumière et de douce harmonie!... Moi, j'ai mis mon habit neuf; je suis tout propret, bien chaussé, bien peigné et de plus rasé de frais : comment deviner en moi, et autour de moi, le prélude d'un événement terrible?... Chose étrange que la vie humaine avec ses contrastes, et que c'est bien, en vérité, une ironie éternelle!... Un éclair, et les vagues vont rugir; un mot, et le sang va couler!... Sers-moi de modèle, Océan perfide, qui cache si bien, sous une surface riante, tes monstres et tes abîmes!... Est-ce encore assez curieux cela?... Je connais à peine monsieur de Lascours, et il dépend de lui que je reste tout simplement un homme habile ou que je devienne un criminel de premier ordre... Ma foi, que le hasard décide : je suis prêt!

LE MAITRE CHARPENTIER, entrant.

Monsieur...

CARLOS.

Eh bien?

LE MAITRE CHARPENTIER.

Pour ne pas déranger sa femme qui lit des chiffons de papier, le capitaine vient vous trouver ici.

CARLOS.

Attention, et ne t'éloigne pas...

LE MAITRE CHARPENTIER.

Oh! soyez tranquille, on veille au grain. (Il sort, Raoul paraît sur l pont.)

## SCENE VI.

CARLOS, RAOUL.

RAOUL.

Vous avez désiré me parler, monsieur?

CARLOS.

Oui, monsieur.

RAOUL.

Je me rends à vos ordres...

CARLOS.

Mille grâces!

RAOUL.

Auriez-vous à vous plaindre de quelqu'un?

CARLOS.

Votre navire est trop bien commandé pour que la moindre plainte soit possible. (Raoul s'incline.) Ce n'est donc pas de cela qu'il s'agit, c'est de moi, d'abord, que je veux vous entretenir.

RAOUL.

De vous?

CARLOS.

Depuis notre départ de France, j'ai tâché de ne pas être pour vous un passager trop importun, et vous me rendrez cette justice, que je me suis dissimulé le plus possible pour ne gêner personne; mais il est temps enfin que vous connaissiez l'hôte étrange que vous avez à votre bord.

RAOUL.

Monsieur...

CARLOS.

Je suis né au Mexique, d'une famille assez vulgaire : mes parents étaient de pauvres campagnards qui croyaient sérieusement au diable, passaient une vie souffreteuse entre la prière et le travail, entre une lande aride et un cimetière de village, persuadés de bonne foi que la misère mène tout droit au ciel! — Comment se fait-il que cette existence monotone et servile ne m'ait inspiré, tout jeune, que du dégoût? Comment se fait-il que j'aie au plus vite, pour aspirer l'air libre, déchiré de mes deux mains d'enfant, la chrysalide grossière dans laquelle j'étouffais?... Voilà ce que j'ignore, monsieur, et ce que je ne prendrai jamais la peine d'approfondir!... Je marche devant moi, sans peur, et je m'inquiète peu de savoir si le souffle qui me pousse en avant me vient du ciel ou de l'enfer. — Avouez-le, monsieur de Lascours, vous ne vous doutiez guère d'avoir pour voisin de cabine un fataliste aussi coriace que moi.

RAOUL, à part.

Où voulez-vous en venir, monsieur?

CARLOS.

J'ai donc senti de bonne heure des appétits effrénés; j'ai eu toutes les ambitions à la fois; celles du luxe, du pouvoir, des plaisirs!... Plus tard, ce qui était un instinct devint un calcul, et le jeune homme se mit en devoir de donner une forme palpable aux fugitives chimères de l'enfant!... Alors, je pris en pitié mes compatriotes dont l'intelligence est épuisée et stérilisée comme leur sol; je vendis mon petit patrimoine et je m'embarquai pour la France!... Une fois arrivé dans ce beau pays, je me livrai aux études les plus spéciales, aux recherches les plus persévérantes et bientôt je concentrai sur un seul point toutes les forces de mon intelligence et de mon éducation, toutes les ressources de ruse et d'énergie qui sont en moi: je ne me proposai plus dans la vie qu'un but: Avoir de l'or!... et j'en aurai.

RAOUL, à part.

Oh!... j'aurai la force de me contenir... je verrai quels sont ses projets, et jusqu'où il poussera l'audace.

CARLOS.

Je vous intéresse malgré vous, monsieur de Lascours; et, pour vous, officier loyal, vertueux chef de famille, homme de devoir et d'abnégation, c'est chose assez curieuse, n'est-ce pas, que ce portrait d'un audacieux aventurier qui est sans doute le bâtard des Cortez ou des Pizarre.

RAOUL.

Je ne vous accuse pas encore, je vous plains!

CARLOS.

Vous êtes trop bon, mais je continue. — Vous êtes marin, monsieur, et vous savez qu'une des préoccupations constantes de Pierre le Grand est d'atteindre les terres de l'Amérique par la mer du Kamtschatka. — Après plusieurs voyages infructueux et des découvertes insignifiantes, un capitaine russe aborda enfin sur la rive septentrionale de la Californie et y débarqua six hommes : que devinrent-ils?

RAOUL.

Les malheureux ne reparurent plus, l'eau douce manqua, le scorbut décima l'équipage, et on fut obligé de repartir sans eux.

CARLOS.

Que devinrent-ils?

RAOUL.

Mais... on l'ignore.

CARLOS.

Je le sais, moi, et je vais vous le dire.

RAOUL.

Vous!

CARLOS.

Pleins d'audace et de curiosité, ils pénétrèrent à travers mille dangers dans l'intérieur du pays : là, ils découvrirent des mines, des placers, des fleuves d'or! et aucun moyen d'exploiter ces richesses fabuleuses!... Oh! je comprends leurs tortures!... c'était à perdre la raison, à blasphémer Dieu, à s'écraser la tête de désespoir contre ces lingots inutiles!... Cinq moururent à la peine, un seul parvint à gagner la France comme par miracle!... Eh bien! le croiriez-vous? quand cet homme raconta ce qu'il avait vu, montra les plans qu'il avait rapportés, les petits se mirent à rire et haussèrent les épaules; les grands le traitèrent de fou et de visionnaire; enfin, au milieu de toute cette foule inepte, il n'éveilla qu'une sympathie... la mienne. — Puis, un matin, le pauvre diable fut trouvé mort dans une rue déserte...

RAOUL.

Mort?...

CARLOS.

Mon Dieu, oui.

RAOUL.

Et de quelle manière?...

CARLOS.

On ne l'a jamais su.

RAOUL.

Assassiné, peut-être!

CARLOS.

On l'a dit.

RAOUL.

Monsieur!

CARLOS.

Toujours est-il que j'héritai des précieux plans.

RAOUL.

Vous?

CARLOS.

Et qu'aujourd'hui j'ai entre les mains sur l'existence de ces trésors des preuves irrécusables!... J'avais tort de me donner pour ancêtres Pizarre et Fernand Cortez; car je serais honteux d'avoir de leur sang dans mes veines!... Ils avaient la Californie, et ils l'ont dédaignée pour s'abattre sur le Pérou comme des vautours stupides!... Oh! regardez-moi, monsieur, je n'ai pas perdu la tête, je vous répète que j'ai les preuves, que je les ai complètes, et que j'irais les yeux fermés vers ces monceaux d'or!

RAOUL.

Assez! assez!...

CARLOS.

J'ai bien rencontré quelques adeptes sur le pavé de Paris, et converti à ma croyance quelques vagabonds comme moi : mais pas d'argent pour enrôler ces Argonautes, pas de vaisseau pour faire ces deux mille lieues!... C'est alors que j'ai eu la chance de trouver sur ma route le capitaine Raoul et la corvette *l'Uranie*.

RAOUL.

Que voulez-vous dire?

CARLOS.

Tenez, capitaine, vous êtes exilé de France et vous ne devez plus rien à cet ingrat pays, vos cheveux commencent à blanchir, et vingt années d'une profession pénible vous ont à peine donné quelque aisance... acceptez mon offre, et je vous rends quatre fois millionnaire!

RAOUL.

Vous me proposez?...

CARLOS.

Je vous propose purement et simplement d'escamoter à notre profit la corvette de l'armateur dunkerquois, et de voguer ensemble vers la terre promise.

RAOUL.

Ah! c'est trop d'audace!

CARLOS.

Mais songez-y donc, quand on a l'or, on a tout!... L'or! c'est le feu céleste dérobé par Prométhée!... C'est plus que le soleil et le génie!... c'est la passion, la volupté, la vie réelle!... Devant l'or, les fronts superbes s'abaissent, les obstacles tombent, les consciences se brisent!... Et puis, quel orgueil! quel triomphe!... On était parti pauvre, méconnu, rampant, et on revient assez riche pour éblouir les insolents de la veille et les éclabousser avec de l'or!

RAOUL.

Retirez-vous, malheureux, et tâchez de mériter que je vous épargne.

CARLOS.

Ainsi, vous refusez d'accepter mon offre?

RAOUL.

Je vous ordonne de vous retirer.

CARLOS.

Un dernier mot?

RAOUL.

Non.

CARLOS.

Je vous en prie...

RAOUL.

Non!

CARLOS.

Je le veux!

RAOUL.

Vous le voulez!... Prenez garde que je ne veuille, moi, vous faire jeter à fond de cale, les fers aux pieds et aux mains.

CARLOS.

Et par qui, s'il vous plaît?

RAOUL.

Par mes matelots.

CARLOS.

Vos matelots!... Tenez, monsieur de Lascours, à Dunkerque, le jour où l'époque de votre départ a été fixée, un homme s'est présenté chez vous, et comme vous aviez besoin de compléter votre équipage, vous l'avez engagé. C'était un gaillard aux larges épaules, à la peau rousse, aux cheveux crépus sur un front bas, et qui s'appelait, je crois, Pierre Pacôme... (Appelant.) Pierre Pacôme. (Celui-ci paraît.)

RAOUL, au matelot.

Qui t'a permis de venir?... Éloigne-toi!

CARLOS.

Reste! (Il reste.)

RAOUL, à part.

Oh! les craintes de Louise!

CARLOS.

Le lendemain, vous vous promeniez sur le port, et vous avez rencontré deux autres loups de mer. « Vous cherchez des matelots, vous dirent-ils, vous n'en trouverez pas de meilleurs que nous. » Et vous les avez pris. C'étaient les nommés Castuille et Bufflard... (Appelant.) Castuille et Bufflard! (Ils paraissent.)

RAOUL.

Par le ciel, retirez-vous!

CARLOS.

Restez!... (Ils restent.) Enfin, il vous en est venu de la sorte quatre, six, dix autres, que vous enrôliez pour votre compte, ou plutôt pour le mien; car, invisible et tendant mes piéges dans l'ombre, j'étais derrière tout, j'étais au fond de tout, et maintenant, il n'y a plus à bord d'autre maître que moi!

RAOUL.

Tu mens!

CARLOS.

Si vous ne cédez pas, vous êtes perdu!

RAOUL.

Non! non!... Une telle infamie ne s'accomplira pas!... Tout le monde sur le pont!... (Entrée générale des matelots.) Il n'y a pas ici que des bandits et des révoltés!... A moi tout ce qui porte un nom français, tout ce qui a le sentiment de l'honneur et le respect du pavillon! à moi, mes fidèles!

CARLOS.

A moi, tous ceux qui veulent de l'or! (La plus grande partie de l'équipage entoure Carlos. Quelques matelots seulement se rangent derrière le capitaine.) Comptez nos forces, monsieur de Lascours!

RAOUL.

Qu'importe le nombre!... En avant!

CARLOS.

Soit!

RAOUL, tirant son épée.

Malheur à toi, d'abord!

CARLOS.

C'est ce que nous allons voir! (Il saisit un poignard et s'élance d'un bond sur Raoul. Combat des six matelots avec les vingt-quatre révoltés. Barabas défend la petite fille, on l'arrache de ses bras et on la jette par dessus le bord. Le combat est à l'avantage des rebelles. Raoul et Carlos luttent encore à l'avant-scène.)

RAOUL.

L'arme de l'assassin contre l'épée du gentilhomme! allons, tu es perdu!

CARLOS.

Pas encore!

RAOUL.

Tiens! (Il le renverse et lui arrache son poignard.)

CARLOS.

A l'aide! (Ses partisans accourent, Raoul lui met son épée sur la gorge.)

RAOUL.

Si vous faites un pas, je le tue!

CARLOS.

Médoc! l'enfant! l'enfant!...

LE MAITRE CHARPENTIER.

Voici! (Il tient Marthe dans ses bras et la balance au-dessus des flots.)

RAOUL.

Ah!

CARLOS.

Bien riposté, n'est-ce pas?... Sa vie pour la mienne!

## SCENE VII.

LES MÊMES, LOUISE.

LOUISE.

Grand Dieu! que se passe-t-il? Raoul! (Poussant un cri.) Ah! ma fille!

MARTHE.

Mère, j'ai peur!

LOUISE.

Monsieur, monsieur! rendez-moi mon enfant!

LE MAITRE CHARPENTIER.

Non.

LOUISE.

Mais, qu'allez-vous faire?

LE MAITRE CHARPENTIER.

Jeter la petite à l'eau, si votre mari ne lâche pas notre chef!

LOUISE.

Entends-tu, Raoul, entends-tu?... accorde-leur ce qu'ils demandent!

RAOUL.

C'est impossible! Ce misérable veut me voler mon navire, mon honneur!...

LOUISE.

Mais on va tuer ton enfant!

CARLOS.

Tenez, monsieur de Lascours, quoique la position soit peu agréable pour parlementer, je vous propose une transaction: laissez-moi aller, et vous aurez tous les trois la vie sauve.

LOUISE.

La vie, Raoul! On nous laisse la vie!... Raoul, mais détourne donc cette épée... C'est notre enfant qu'elle menace... (Elle arrache l'épée des mains de Raoul. — A Carlos.) Relevez-vous, monsieur..

CARLOS, se relevant.

Enfin!

LOUISE, allant prendre son enfant que Médoc lui abandonne.

Ah! ma fille! j'ai ma fille!

RAOUL.

Malheureuse! tu nous as perdus! Ne faut-il pas notre mort pour effacer toute trace de leur crime!

CARLOS.

Vous vous trompez, monsieur; entre gens comme il faut on n'a pas besoin de papier timbré ni de notaire! Et maintenant, camarades, mettez à la mer la yole du capitaine.

RAOUL.

Que voulez-vous faire?

CARLOS.

Je vous ai promis la vie sauve et je vous la donne; mais vous comprenez, monsieur, que nous ne pouvons plus habiter ensemble; il y a eu brouille entre vous et *l'Uranie;* donc, il y a forcément divorce... La yole est excellente et garnie de provisions pour un mois; j'ai même eu l'attention d'y mettre votre fusil, afin que vous puissiez tirer quelques oiseaux pour vous distraire... par exemple, vous serez obligé de vous passer de boussole. Bon voyage donc, et, comme disent vos rois, que Dieu vous ait en sa sainte et digne garde!

RAOUL.

Et je ne l'ai pas tué! Louise! Louise! ils nous abandonnent sur l'Océan! Et pour toi, pour Marthe, ce n'est plus seulement la mort, c'est la plus horrible des agonies!

LOUISE.

Que dis-tu, Raoul?... Mais je ne sais rien! je ne veux rien savoir! J'ai ma fille, j'ai ma fille!

CARLOS.

Qu'on les emmène!

RAOUL.

Infâmes! infâmes!... (On les entraine tous les trois.) Tuez-moi! tuez-moi donc! mais épargnez du moins ma femme et mon enfant.

TOUS.

A la mer! à la mer!

RAOUL.

Ne me touchez pas!... Si je dois les perdre, je ne crains pas la mort, et je cours les rejoindre... mais la trahison et l'assassinat ne resteront pas impunis... Je confie à Dieu le soin de ma vengeance!

CARLOS.

Médoc, veille à l'embarquement! Allons, enfants, vous pouvez crier: Victoire!

TOUS.

Victoire !

PREMIER MATELOT, à Carlos.

Ne craignez-vous pas qu'ils échappent à la mort?

CARLOS.

Non. Regardez le ciel et la couleur de l'eau... Un coup de sud-est se prépare..... Si la yole n'est pas engloutie mille fois auparavant, elle va être jetée au cinquante-troisième degré de latitude et se perdre au milieu des glaces.

PREMIER MATELOT.

Ah! c'est différent. (Barabas paraît à travers les cordages.)

### SCENE VIII.

CARLOS, LES MATELOTS, LE MAITRE CHARPENTIER, puis BARABAS.

LE MAITRE CHARPENTIER, rentrant.

Voilà!

CARLOS.

Alors, il n'y a plus un ennemi parmi nous!

BARABAS.

Si fait,.. il y en a un qui est un petit peu poltron ..

TOUS.

Barabas!

BARABAS, à Carlos.

Mais qui aura pourtant le courage de t'envoyer cette prune. (Il lui tire un coup de pistolet et le blesse.)

LE MAITRE CHARPENTIER.

Feu sur lui! (On tire sur Barabas qui se jette à la mer. A Carlos.) Vous êtes blessé?

CARLOS.

Rien, ce n'est rien! En route, camarades, en route pour les mines d'or!

TOUS, agitant leurs armes et leurs chapeaux.

Aux mines d'or! aux mines d'or!

---

## ACTE II.

Le théâtre représente une plaine de glace. Çà et là, des blocs de neige et de hautes aiguilles de glace; à droite, une petite butte bâtie avec de la neige.

### SCENE I.

BARABAS, RAOUL.

RAOUL, à part.

Rien, mon Dieu, rien!... aujourd'hui comme hier, le silence de l'abîme, l'immensité du néant!... pas une route à suivre, pas un secours à espérer, pas un rayon sous ces brumes éternelles!... toujours cet implacable horizon!... toujours ce sépulcre de glace sous un linceul de neige!... Je suis un homme, un père, un mari, et je ne peux rien pour sauver ceux que j'aime; rien pour diminuer leurs souffrances! ni dévouement utile, ni sacrifice possible!... il ne m'est pas même permis de mourir pour eux, de racheter leurs jours au prix de tout le sang qui coule dans mes veines, avec toutes les tortures qui broiraient mes membres... non!... non! Dieu la prendra, ma vie, mais avec la leur! nous sommes jugés tous les trois, condamnés tous les trois! La seule grâce que je puisse demander au maître inflexible, c'est de mourir le dernier, de voir expirer sous mes yeux ma femme et mon enfant, d'avoir au moins à supporter la plus longue et la plus horrible agonie!

BARABAS, grelottant.

Sapristi, que ce pays-là ressemble donc peu à Nanterre! O joli village, dont je suis né natif, comme je mordrais bien dans un de tes produits!

RAOUL.

Matelot? (Barabas ne répond pas.) Mon ami...

BARABAS.

Capitaine.

RAOUL.

Tu es resté une heure absent... n'as-tu rien découvert de ce côté?

BARABAS.

Pas une once de bois, pas un brin d'herbe, pas un pain de quatre livres; alors, je me suis couché là et je ne veux plus bouger.

RAOUL.

Voyons, ne perds pas courage.

BARABAS.

Il n'y a pas de danger, capitaine! on ne perd que ce qu'on a. C'est égal, sauf votre respect, vous avez eu une mauvaise idée de me recueillir dans la yole quand je suis tombé à l'eau après avoir poivré le gredin.

RAOUL.

Fallait-il donc te laisser mourir?

BARABAS.

Je buvais déjà ferme, et j'aurais tant bu que je n'aurais plus eu faim.

RAOUL.

C'est mal, ce que tu dis là.

BARABAS.

Vous croyez, capitaine... je trouve, moi, que vous êtes assez de monde pour manger les vivres, et que vous n'aviez pas besoin d'un gourmand comme Barabas.

RAOUL.

Pauvre garçon, tu jeûnes plus que nous.

BARABAS.

Par exemple! mais je suis un goinfre, un véritable goinfre!

RAOUL.

Tu fais semblant de dévorer ta chétive ration de chaque jour et tu la donnes à Marthe en cachette.

BARABAS.

Oh! pour cela non, capitaine.

RAOUL.

Je le sais.

BARABAS.

Mais, capitaine... j'en jure...

RAOUL.

Je t'ai vu.

BARABAS.

Ah! alors... mais c'est égal, je ne suis bon à rien.

RAOUL.

Que dis-tu? seul, je ne pourrais pas m'éloigner une seconde pour aller à la découverte, pour explorer ce désert! tu es une Providence pour nous!

BARABAS.

Moi! une Providence!

RAOUL.

Sans toi, Marthe ne vivrait plus, peut-être!... si nous la voyons encore sourire, c'est grâce à toi! Le jeu, pour les enfants, c'est la moitié de la vie! ces chers petits êtres jouent au bord d'un abîme, dans le délire de la fièvre, sur leur lit de mort! Aussi, tu es plus utile à Marthe que nous deux! l'abattement de son père, la tristesse de sa mère l'auraient tuée déjà si tu n'étais pas près d'elle pour la distraire par ta bonne gaîté franche, si tu ne trouvais pas pour l'égayer un peu la force d'oublier les souffrances et les dangers!

BARABAS.

Vous me dites de ces choses-là, capitaine! et j'ai été assez lâche pour geindre tout à l'heure! Oh! c'est fini, je n'ai plus froid! donnez-moi vite un ordre que je l'exécute!... j'ai bon pied et bon œil, allez!

RAOUL.

Tiens, mon ami, il y a un rêve que je fais parfois, malgré les angoisses du présent et les terreurs de l'avenir! — Nous sommes au Mexique, le soir, sur la pelouse de ma petite villa, le ciel est bleu, la brise est fraîche, les oiseaux chantent, les abeilles bourdonnent... tu te roules dans l'herbe avec les enfants, et Louise, la tête appuyée sur ma poitrine, vous regarde avec un sourire de joie et de reconnaissance! — C'est qu'elle t'aimera bien aussi, ma pauvre Diane!... et, si Dieu nous sauve, au lieu d'une fille, tu en auras deux!

BARABAS.

Ah! sapristi! j'ai bien une oreille pour chacune, mais en fait de nez, je n'en ai qu'un, et si elles veulent le tirer en même temps... enfin, nous arrangerons ça pour le mieux.

RAOUL.

Regarde... voilà mon premier sourire depuis que ces misérables nous ont abandonnés... c'est bon signe!

BARABAS.

Un ordre, capitaine, un ordre, et s'il y a un danger à courir, tant mieux! Je suis si content, voyez-vous, que je suis prêt à avoir du courage.

RAOUL.

C'est du froid surtout, que Marthe souffre, et nous n'avons plus de bois; il faudrait en trouver d'autre.

BARABAS.

J'en trouverai!

RAOUL.

Va donc...

BARABAS.

Au galop!

RAOUL.

Ah! prends mon fusil.

BARABAS.

Pourquoi faire?

RAOUL.

Tu peux rencontrer quelque gibier.

BARABAS.

Je suis si maladroit!... Pourtant, quand je ferme les yeux et que je ne vise pas, je tire assez juste. (A part, en s'éloignant.) A bientôt, chère petite maîtresse; je vous envoie de loin un gros baiser... et puis encore... et puis toujours! (Il sort.)

RAOUL, seul.

Le salut! je leur parle de salut!... et quand ils sont là, je m'efforce d'espérer avec eux; mais seul, je sens bien qu'il n'y en a pas de salut! Autour de nous, une mer immense, inconnue; sur nos têtes des avalanches toujours près de s'écrouler; sous nos pieds, un abîme sans fond qui nous engloutira le jour où les vagues soulevées briseront cette glace qui nous porte!... partout le désespoir! partout la mort! (Dans la coulisse : Raoul!) Louise!... oh! qu'elle ignore ce que je souffre, ce que je redoute surtout,

## SCENE II.

LOUISE, RAOUL.

LOUISE, s'approchant de lui.

Raoul!

RAOUL.

Eh bien?... notre chère petite Marthe?

LOUISE.

Elle dort toujours.

RAOUL.

Tant mieux!

LOUISE.

Oui, c'est le sommeil, je le crois, du moins.

RAOUL.

Tu le crois?

LOUISE.

C'est qu'en voyant ses pauvres petits membres bleuis et raidis par le froid, il y a bien des instants où je me demande si elle n'est pas morte!

RAOUL.

Morte!

LOUISE.

Mais un gémissement sort de sa poitrine, une plainte s'échappe de sa bouche, une larme coule de ses yeux, et je me dis : puisqu'elle pleure, c'est qu'elle existe... oui, les larmes de mon enfant, les cris que lui arrache la douleur, voilà mes joies de mère, à moi! voilà tout ce que j'ai pour rassurer mon âme! Je bénis le ciel, quand je vois pleurer ma fille; je remercie Dieu, quand je suis bien certaine qu'elle souffre.

RAOUL.

Voyons, calme-toi, le péril est moins grand que tu ne penses.

LOUISE.

Le péril! tu crois que je ne le connais pas, que je ne l'ai pas envisagé avec calme, que je n'ai pas calculé cent fois nos chances de salut ou de perte! Tu te trompes, Raoul! de même que tu te trompais déjà lorsque dans cette barque où ils nous avaient jetés, en m'entendant rire et chanter sur les vagues furieuses, tu croyais que j'étais devenue folle! Folle!... moi!... mais je rassurais mon enfant, je me disais : si Dieu veut qu'elle meure, j'aime mieux qu'elle s'éteigne entre deux baisers, j'aime mieux que sa pauvre petite âme s'envole entre deux sourires!...

RAOUL, l'embrassant.

Oh! Louise! il n'y a que le cœur d'une mère capable de ce sublime courage!

LOUISE.

Eh bien, mon ami, puisque je suis courageuse, parle-moi donc sincèrement. Quand ces hommes nous ont descendus dans la barque, il s'y trouvait de quoi nous nourrir pendant vingt jours à peine, et en voilà quinze qu'ils nous ont abandonnés.

RAOUL.

C'est vrai; mais aidé de Barabas, j'ai pu chasser quelques oiseaux de mer, ces ressources se renouvellent chaque jour, nous n'avons rien à craindre de ce côté.

LOUISE.

Soit! mais à peine avions-nous quitté le bâtiment, qu'une tempête violente s'est élevée et nous a jetés, après huit grands jours de marche, au milieu de ces glaces qui menaçaient à chaque instant de nous engloutir. Peu à peu les blocs se sont resserrés davantage, nous nous sommes trouvés enfermés comme dans une prison. Ce n'est pas sur un continent, ce n'est pas sur une île que nous sommes ici, c'est sur les flots mêmes que nous marchons, la glace qui nous en sépare gèle nos pieds et fige notre sang; que feras-tu, que deviendrons-nous le jour où ces glaces se briseront, où ce terrain manquera sous nos pas?

RAOUL.

Notre barque est ici près.

LOUISE.

Oui, une fragile barque... sans voile ni boussole.

RAOUL.

Elle nous a suffi jusqu'à présent, et pourra nous conduire plus loin... Je sais d'ailleurs que quelques navires danois fréquentent ces parages, et nous avons l'espoir d'en rencontrer un.

LOUISE.

Vivrons-nous jusque-là?

RAOUL.

Mais tu ne souffres pas... tes forces ne t'ont pas abandonnée.

LOUISE.

Ne parle donc pas de moi!... Est-ce que c'est en moi qu'est ma force? Est-ce que c'est en moi qu'est ma vie?... Tant que ma fille vivra, je vivrai; mais dans cette hutte de neige que vous avez élevée, et qui est notre seul abri, je n'ai plus rien pour réchauffer notre pauvre Marthe.

RAOUL.

Barabas va nous rapporter, je l'espère, un peu de bois, débris de quelque bâtiment naufragé. Tu vois bien, Louise, qu'il nous est encore permis d'espérer.

LOUISE, lui tendant la main.

Je vois que ton courage est toujours prêt à raffermir le mien, Raoul! serre la main de ta femme, embrasse la mère de tes enfants! si c'était le dernier instant que nous devons passer ensemble... qui sait?... une autre fois, plus tard, Dieu ne nous permettra pas peut-être ce baiser, cette étreinte... Je te le dis, Raoul avec toutes mes larmes, avec toute mon âme, tu as été le meilleur et le plus courageux des hommes; il n'y a pas une tache sur ta vie, et les vulgaires faiblesses n'ont jamais, j'en suis sûre, souillé ton noble cœur!... j'ai tâché d'être digne de toi, mais si je n'ai pas toujours réussi, pardonne en ce moment suprême, et que ton regard soit pour moi comme une muette bénédiction.

RAOUL.

Louise! ma femme!

LOUISE.

Raoul! nous nous sommes saintement aimés, et, je te le jure avec la foi d'une mourante, nous nous retrouverons dans un monde meilleur, dans ce ciel où nos filles seront des anges!... Maintenant, mon ami, faisons notre devoir avec courage!

MARTHE, dans la hutte.

Maman, maman.

LOUISE.

C'est Marthe qui m'appelle... Adieu, Raoul... à bientôt... nous nous reverrons encore... (Haut.) Me voilà, mon enfant, me voilà. (Elle entre dans la hutte.)

RAOUL, seul.

Elle a tout compris, tout deviné, et mes angoisses sont devenues les siennes!

## SCENE III.

RAOUL, BARABAS.

RAOUL.

Eh bien?

BARABAS.

Je n'ai rien rencontré, capitaine.

RAOUL.

Rien.

BARABAS.

Quand je dis rien... je me trompe... Je m'étais avancé du côté du Nord, à une demi-portée de canon, cherchant si je trouverais de quoi nous nourrir... V'là que, tout à coup, j'aperçois quéque chose qui se mouvait derrière un bloc de neige, ça se virait à droite, ça se virait à gauche, et toujours comme ça... Ça m'intrigue un peu... je me méfie! j'arme mon arme, et je m'approche pour voir si ça ne serait pas bon à manger; mais à peine si j'avais fait quéque pas... que ça monte sur le bloc de neige, ça se dresse sur ses jambes de derrière, c'était un ours! Une grande ours blanche qui me considérait en ouvrant de grands yeux et qui me flairait avec des grandes narines... elle faisait comme moi, c'te bête, elle regardait si j'étais bon à manger... et il paraît qu'elle trouvait que oui, car v'là qu'elle se met à descendre et à marcher sur moi, en faisant hon! hon!... Ma foi, je ne suis pas brave, vous le savez, capitaine, aussi à c'te vue, la frayeur m'empoigne, je me mets à trembler de partout.

RAOUL.

Et tu t'es enfui.

BARABAS.

Enfui!... J'avais trop peur pour ça... Si je m'enfuis, que je me dis, l'animal va me courir après, il me prendra en traître et je suis flambé; c't'idée-là redouble ma peur, et je me dirige sur le monstre.

RAOUL.

Après? après?

BARABAS.

Après, comme je le couchais en joue, j'aperçois au loin une autre ours, et puis deux autres, et puis dix autres et puis cent z'autres.

RAOUL.

Se peut-il?

BARABAS.

Une vraie fourmilière d'ours!... Là-dessus, v'là ma peur qui retriple... si je fais feu, que je me dis, le bruit va nous attirer tous ceux-là; mon ours marchait toujours, lui, il approche encore, il approche toujours; ma foi, la frayeur me rend fou, je dépose mon fusil, je tire mon sabre et je marche droit à l'ours. Nous étions nez à nez, le monstre ouvre une gueule énorme, il étend ses deux bras pour me saisir, je lui flanque mon sabre dans le milieu du ventre, la bête féroce tombe en hurlant, je me baisse, je regarde... j'avais tué l'insecte.

RAOUL.

Tué!

BARABAS.

Ou à peu près.

RAOUL.

Achève! achève!

BARABAS.

C'est ce que je me suit dit : achève... et je l'ai achevé... et si je n'avais pas vu tous les autres se dresser autour de moi, je l'aurais traîné jusqu'ici; sa peau aurait servi à réchauffer notre chère petite Marthe.

RAOUL.

Bien cela!

BARABAS.

Je dis : Notre petite Marthe, faut pas m'en vouloir, capitaine, je sais bien que je ne suis qu'un pauvre rien du tout... mais tant qu'elle sera en danger, voyez-vous, je la regarde comme si qu'elle était un peu à moi... je me regarde comme si que j'étais sa mère, quoi!... Mais une fois sauvée, soyez sans crainte, je vous la rendrai tout entière, capitaine.

RAOUL.

Brave garçon!

## SCÈNE IV.

LES MÊMES, LOUISE.

LOUISE, dans la hutte.

Du secours, du secours!

RAOUL.

Qu'y a-t-il?

LOUISE, en scène.

Il y a que ma fille se meurt; il y a que si je n'ai pas de feu pour la ranimer à présent, tout de suite, le froid va me la tuer.

RAOUL.

Oh! mon Dieu!

BARABAS, ôtant sa veste.

Ah! saprelotte!... ça n'est guère plucheux, mais ça vaut toujours mieux que rien. (Il entre dans la hutte.)

LOUISE, à Raoul.

Eh bien, mais... mais hâte-toi donc, Raoul, tu as tout ce qu'il faut; il a rapporté du bois, n'est-ce pas?

RAOUL.

Non.

LOUISE.

Non! Mais il m'en faut, mais je ne veux pas que mon enfant meure; mais tu ne m'as donc pas comprise, Raoul, je te dis qu'elle n'a plus une heure, peut-être plus un quart d'heure à vivre, si je ne réchauffe pas son sang qui ne circule plus... je te dis que ses pauvres petites mains n'ont plus de force pour se tendre vers moi, que ses yeux éteints ne s'ouvrent plus qu'à demi.

RAOUL.

Et je n'ai aucun moyen de prolonger ses jours!

LOUISE.

Oh! ne me dis pas cela... c'est de notre Marthe que je parle... de Marthe que je cherche vainement à réchauffer sous mes baisers, sur mon sein; mon sein et mes baisers sont glacés comme elle... Mais qu'est-ce que je peux faire de plus, moi? je ne peux rien, rien!... tu vois bien que c'est toi, Raoul, tu vois bien que c'est toi qui dois la sauver.

RAOUL.

Eh! comment... par quel moyen?

LOUISE.

Je ne sais pas, je ne sais pas, Raoul, mais il faut que tu me la sauves... il faut que tu me prolonges sa vie... ne fût-ce qu'un jour, ne fût-ce qu'une heure... Mais dans une heure, on peut venir nous délivrer.

RAOUL.

Louise! Louise! tu me rends fou!

LOUISE.

Non, non, garde ta raison, cherche, invente, trouve... Mais réponds-moi donc, mais dis-moi donc qu'elle ne mourra pas.

RAOUL.

Eh bien?

LOUISE.

Parle.

RAOUL.

Oh! non, c'est impossible...

LOUISE.

Mais tu veux donc qu'elle meure?

RAOUL.

Non... j'ai trouvé.

LOUISE.

Ah!

RAOUL.

Une heure, as-tu dit; qu'elle vive une heure!

LOUISE.

Oui, et Dieu fera le reste.

RAOUL.

Attends. (Il prend une hache et sort.)

LOUISE.

Elle vivra... elle vivra! (Elle se dirige vers la hutte.) Pourvu qu'il ne soit pas trop tard. (Elle s'arrête; on entend au dehors le bruit d'une hache qui frappe à coups redoublés.) Je n'ose plus entrer là... Oh! non, c'est impossible! (Elle fait un pas encore; Barabas paraît.) Eh bien!

BARABAS.

Pauvre petit ange!

LOUISE.

Oh! tout n'est pas fini, n'est-ce pas?

BARABAS.

Non, non... (A part.) Pas encore... Mais...

LOUISE.

Raoul!

RAOUL, entrant avec des débris de bois qu'il jette dans la hutte.

Tiens... Louise... viens la sauver.

LOUISE.

Oh! je t'aime, je t'aime, mon Raoul... (Ils entrent tous deux dans la hutte.)

## SCENE V.

BARABAS, seul.

Qu'est-ce que je vois là? Du bois... Où diable le capitaine l'a-t-il donc pêché? C'est ce matin, quand je cherchais de mon côté... Il aura trouvé ça, tandis que je trouvais... des ours!... Qué fichue trouvaille! Ce n'était pas assez de n'avoir pas de quoi manger, me v'là menacé d'être mangé moi-même! Ah! je regrette Nanterre! Pourquoi diable me suis-je fait matelot? Y en a qui sont de Toulon, de Rochefort ou de Brest, ils se fourrent dans la marine, ils y coulent, ils y trépassent, c'est naturel, y sont d'un port de mer; mais, sapristi! je suis de Nanterre, moi, je suis de Nanterre.

## SCENE VI.

BARABAS, RAOUL, puis LOUISE et MARTHE.

RAOUL, très-agité.

Barabas!

BARABAS.

Capitaine?

RAOUL.

N'as-tu pas entendu?

BARABAS, ému.

Quoi! quoi!

RAOUL.

Comme un long mugissement. (Un bruit sourd et prolongé se fait entendre.)

BARABAS.

Là... sous nos pieds.

RAOUL.

Ne sens-tu pas frémir cette glace qui nous porte?

BARABAS.

Oui... on dirait... on dirait que ça remue... que ça monte...

RAOUL.

C'est la mer qui s'agite et mugit sous cette prison... La mer qui se soulève et qui lutte contre ses entraves... Oui, c'est l'heure où les flots déchaînés vont briser tout obstacle, l'heure où ils vont redevenir libres.

BARABAS.

Ah! saprelotte, c'est la débâcle!

LOUISE, portant sa fille dans ses bras. Nouveau bruit.

Qu'y a-t-il donc? Quel est ce bruit terrible?

RAOUL.

Du courage, Louise, tiens, regarde!...

(En ce moment de longues aiguilles de glace se brisent avec fracas et s'enfoncent dans la mer. Leurs débris ont rompu la nappe de glace en différents endroits, la mer commence à paraître. — Louise a poussé un cri, elle serre sa fille dans ses bras.)

MARTHE.

Maman, j'ai peur... j'ai peur...

(De nouveaux blocs de glace s'ébranlent, s'inclinent et se brisent. Les vagues se frayent des issues plus nombreuses, le vent gronde avec force et soulève les flots.)

BARABAS.

Capitaine, qu'est-ce qu'il faut faire? J'attends vos ordres.

LOUISE.

Raoul, mais il n'y a pas un instant à perdre! La barque... vite, la barque...

RAOUL.

La barque!... Mais elle n'existe plus, Louise.

LOUISE.

Que dis-tu?

BARABAS.

Comment ça?

RAOUL, montrant Marthe.

Que Marthe vive une heure, as-tu dit, Dieu fera le reste.

LOUISE.

Quoi! ce bois, ces débris... c'étaient...

RAOUL.

L'heure est passée, l'enfant respire... mais que Dieu la sauve; maintenant, moi, je ne peux plus rien.

BARABAS.

Ah! nous sommes perdus! (Le glaçon sur lequel il se trouve s'en va à la dérive et l'emporte.)

RAOUL.

Barabas... (Il cherche vainement à le saisir.)

LOUISE.

A genoux, à genoux, ma fille!

(L'enfant se met à genoux et joint ses mains pour prier.)

LOUISE.

Dieu des faibles et des orphelins... (A Marthe.) Répète, enfant, répète...

MARTHE.

Dieu des faibles et des orphelins...

LOUISE.

Toi qui as, ô mon Dieu, la force d'un père et la tendresse d'une mère, sauve-nous du gouffre qui dévore et du méchant qui tue...

MARTHE.

Sauve-nous du gouffre qui dévore et du méchant qui tue!

LOUISE, bas.

Et maintenant, Seigneur, ma vie pour la sienne!

(A peine a-t-elle dit ces mots que le glaçon sur lequel elle se trouve chavire et l'engloutit avec l'enfant. Louise disparaît tout à fait, mais ses deux bras tiennent Marthe au-dessus des flots.)

RAOUL.

Louise, ma fille!

(Il se précipite vers elles, et disparaît. Pendant ce temps, Marthe, que les deux bras de sa mère tenaient au-dessus des vagues, s'est cramponnée à un autre bloc de glace, sur lequel elle parvient à monter, les deux bras de Louise disparaissent. Les glaçons sont, de toutes parts, soulevés par la mer; celui qui porte la petite Marthe s'élève et s'abaisse tour à tour.)

MARTHE.

Mon Dieu! mon Dieu! Dieu des faibles et des orphelins!... (Elle lève les mains au ciel. Le rideau baisse.)

---

# ACTE III.

Une côte au bord de la mer. — Nature vierge et sauvage. — Le théâtre offre l'aspect d'un campement fait à la hâte, des matelots sont couchés près de leurs armes, et des sentinelles se promènent au fond. — Georges est debout au milieu de la scène et donne à voix basse des ordres à plusieurs marins qui s'éloignent l'un après l'autre. — Horace est assis à droite, la tête entre ses mains. — Le marquis d'Antas dort, à gauche, roulé dans une riche pelisse. — Le jour paraît.

## SCENE I.

HORACE, GEORGES, LE MARQUIS D'ANTAS.

GEORGES, à part.

Il n'y a pas eu une seule alerte de toute la nuit, c'est bon signe pour la journée qui commence; la dernière leçon qu'ont reçue ces damnés Indiens leur a sans doute donné à réfléchir et j'espère qu'ils se sont enfin retirés dans les mornes. (A Horace.) Vous dormez, mon ami?

HORACE.

Non.

GEORGES.

A quoi pensez-vous?

HORACE.

A beaucoup de choses.

GEORGES.

Joyeuses?

HORACE.

Et tristes.

GEORGES.

Tristes?... quand vous allez revoir la France, votre patrie...

HORACE.

Que voulez-vous? J'ai une malheureuse nature, Georges, je suis ingénieux à me tourmenter et j'aime à caresser la douleur.

GEORGES.

Oubliez le présent pour songer à l'avenir! — Depuis notre départ d'Acapulco, nous n'avons pas eu de chance, c'est vrai... Repoussés au nord par une tempête, obligés d'attendre ici des vents meilleurs, attaqués par des Indiens, nous avons commencé le voyage d'une façon un peu trop pittoresque; mais enfin nous voilà plus tranquilles et nous ne tarderons pas à nous embarquer.

HORACE.

Enfant de l'exil, j'ai appelé de tous mes vœux et de toutes mes prières le jour où je verrais ma véritable patrie, et ce jour approche. Le ciel m'a donné une nouvelle famille : Diane qui, exilée comme moi, orpheline comme moi depuis quinze ans, est devenue ma sœur, et madame de Théringe, son aïeule, qui m'aime comme un fils. Puis, ce n'est pas un étranger, un indifférent, le premier venu qui nous mène en France; c'est l'homme loyal dont le cœur et la main ne m'ont jamais fait faute, c'est Georges de Laval, mon compatriote, mon ami... Oh! oui, je devrais être bien heureux. Pourtant je souffre, et ce que j'éprouve c'est plus que de la tristesse, c'est un tourment indéfinissable qui ressemble à un remords.

GEORGES.

Un remords... à vous?

HORACE.

Ecoutez-moi, mon ami : je vous ai souvent parlé du naufrage de *l'Uranie*, de ce désastre qui enleva d'un seul coup à Diane, un père, une mère, une sœur!... Tout enfant ce malheur m'avait frappé d'un coup terrible et l'impression qu'il avait produite sur moi devait être ineffaçable; plus j'avançai en âge, plus cette impression devint pénible, et depuis que nous entendons mugir sous le vaisseau qui nous porte les flots qui les ont sans doute engloutis, cette pensée m'obsède jusques dans le sommeil. Une nuit, je vois la famille de Lascours périssant avec les débris du navire; une autre, je l'entends crier vengeance; tout à l'heure encore les vagues poussaient vers moi trois cadavres dont les lèvres livides s'agitaient comme pour me demander la sépulture... C'est en vérité un événement bien mystérieux que la disparition de *l'Uranie*. Monsieur de Lascours était un capitaine habile, la corvette excellente, la saison magnifique... et un naufrage a lieu sans laisser aucune trace... et depuis quinze ans, toutes les recherches ont été vaines!... Quitter le Mexique sans avoir rien découvert, oh! voilà ce que je me reproche amèrement!...

GEORGES.

Je vous reproche, moi, de céder sans raison aux tendances romanesques de votre esprit; ce qu'on pouvait faire pour savoir la vérité, vous l'avez fait et je vous ai prêté secours de mon mieux. Nous n'avons rien trouvé malgré tous nos efforts; résignons-nous à la volonté divine et accomplissons chacun notre devoir. A moi de vous conduire sain et sauf dans notre beau pays de France, à vous de vous dévouer à cette famille qui est devenue la vôtre.

HORACE.

N'avez-vous jamais pensé que la perte de *l'Uranie* pouvait être le résultat d'un crime?

GEORGES.

Ne vous creusez donc pas ainsi la tête et ne vous forgez pas toutes ces chimères.

HORACE.

C'est si étrange qu'il ne soit rien resté, absolument rien!...

GEORGES.

En supposant un crime, il serait resté quelque chose...

HORACE.

Quoi donc?

GEORGES.

Pardieu! les coupables qui selon l'usage auraient, depuis quinze ans, trouvé mille occasions de se faire prendre.

HORACE.

Oui... vous avez raison.

GEORGES.

Ce n'est pas la première fois qu'un bâtiment s'est perdu corps et biens sans laisser aucun vestige après lui.

UN FACTIONNAIRE.

Qui vive?

UNE VOIX.

Officier de ronde.

GEORGES.

Ah! voici des nouvelles!

### SCÈNE II.

LES MÊMES, UN OFFICIER.

GEORGES.

Vous venez des avant-postes, monsieur?

L'OFFICIER.

Oui, capitaine.

GEORGES.

Eh bien?

L'OFFICIER.

La nuit s'est passée à merveille, nos sentinelles les plus avancées n'ont pas signalé un ennemi.

GEORGES.

Et quel aspect a la plaine ce matin?

L'OFFICIER.

J'en ai exploré tous les points avec ma longue-vue, et l'examen a été rassurant.

GEORGES.

Prenez une vingtaine d'hommes et parcourez-la; ayez soin de fouiller les moindres broussailles, car ces maudits sauvages se cacheraient sous une feuille.

L'OFFICIER.

Comptez sur moi, capitaine; mais je les crois partis.

GEORGES.

Je l'espère. Ensuite, vous vous replierez sur mon quartier avec tout votre monde, et comme le temps est magnifique, nous embarquerons sans retard. Allez. (L'Officier sort. George se rapproche d'Horace.)

### SCENE III.

LES MÊMES, moins L'OFFICIER.

GEORGES.

En homme positif que je suis, mon cher Horace, j'attribuais votre préoccupation à une autre cause.

HORACE.

Laquelle?

GEORGES.

Humph!... je ne sais trop si je dois vous le dire.

HORACE.

Je vous en prie.

GEORGES.

Vous ne m'en voudrez pas?

HORACE.

Non, certes.

GEORGES.

Eh bien, je vous croyais jaloux.

HORACE.

De qui?

GEORGES.

Mais... du marquis d'Antas, dont les assiduités près de mademoiselle Diane m'ont paru plus d'une fois vous déplaire.

HORACE.

Je ne suis pas jaloux de monsieur d'Antas; mais Diane est ma sœur, je lui dois l'appui d'un frère, et si ce marquis continuait cette cour insolente, je le ferais sauter par-dessus le bord.

GEORGES.

Bravo! j'ai retrouvé mon fougueux Horace, et le voilà redevenu aussi positif que moi; cependant, vous allez un peu trop vite d'un extrême à l'autre, et je vous conseille fort de patienter avec le marquis. Tenez, commençons par baisser la voix.

HORACE.

Pourquoi donc?

GEORGES.

Ne le voyez-vous pas qui dort là, près de nous?

HORACE.

Que m'importe!

GEORGES.

Vous oubliez que le navire lui appartient, et qu'il m'a payé pour en prendre le commandement.

HORACE.

Mais qu'est-ce que c'est donc que ce marquis d'Antas? Je connais toute la noblesse mexicaine, et je n'ai jamais entendu prononcer ce nom-là.

GEORGES.

C'est celui d'une famille qui a toujours habité les frontières du nord et s'y est, dit-on, acquis une fortune énorme. Le marquis d'Antas est un homme étrange qui sème l'or à pleines mains, qui, à défaut d'amis sincères... dont il se défierait, achète des consciences et se fait avec son or des alliés forcés.

HORACE.

Comment?

GEORGES, bas.

Un gentilhomme... un Français... dans un moment de faiblesse et de délire, avait commis une de ces fautes qui détruisent l'honneur et le repos d'une famille... Le marquis d'Antas a acheté le preuves de cette faute, pour tenir le coupable à sa merci et s'en faire un esclave!

HORACE.

Georges!... ah! c'est infâme!... Mais rien ne m'étonne de lui, car malgré son luxe et sa particule, il a comme des allures de bandit. Oh! je l'ai observé longtemps avec persistance, et je ne crois pas me tromper sur son compte... Regardez-le bien quand il s'éveillera : la main est du vautour, l'œil est du serpent, et la lèvre est de la hyène.

D'ANTAS, rêvant.

Doublé!... triplé!... un million! une province! un royaume!... (Ouvrant les yeux.) Vertudieu! on peut appeler cela un vilain réveil!... J'étais à la cour de France, je jouais un jeu d'enfer contre son altesse le Régent, et je me retrouve ici, couché sur la dure et bloqué par des sauvages... Dites-moi, monsieur de Laval, en avez-vous au moins fini avec ces démons-là pendant que je dormais?

GEORGES.

A peu près, monsieur le marquis.

D'ANTAS.

C'est heureux! vous y avez mis le temps, capitaine.

HORACE.

Le temps qu'il fallait, monsieur.

D'ANTAS.

Ah! c'est monsieur Horace de Brionne? . Pardon, je ne vous avais pas vu... Bonjour, monsieur Horace. Au fait, j'avais tort de maudire mon réveil, car je vais être le premier à saluer la charmante Diane.

HORACE.

Ne vous donnez pas cette peine, de grâce.

D'ANTAS.

Pourquoi, s'il vous plait?

HORACE.

Parce que cette visite serait un peu trop matinale.

D'ANTAS.

C'est à mademoiselle Diane d'en décider.

HORACE.

Je prends la défense sur moi.

D'ANTAS.

La défense?... Le mot n'est guère poli.

HORACE.

Je n'en trouve pas d'autre.

D'ANTAS.

Ah! vraiment?... Enfin, vous êtes jeune. (Fausse sortie.).

HORACE.

Où allez-vous?

D'ANTAS.

Je croyais vous l'avoir dit.

HORACE.

Vous ne passerez pas!

D'ANTAS.

Je n'ai jamais eu l'habitude de céder.

HORACE.

Ni moi.

D'ANTAS.

Bah!

GEORGES.

Que faites-vous?

HORACE.

Si vous êtes mon ami, laissez-nous seuls.

D'ANTAS.

Allez, capitaine, allez!

GEORGES.

Encore une fois, ménagez-le. (Il sort.)

## SCENE IV.

HORACE, D'ANTAS.

D'ANTAS.

Vous disiez donc, monsieur?...

HORACE.

Que vous ne passeriez pas.

D'ANTAS.

Ah çà! mon cher, est-ce une querelle que vous me cherchez, par hasard?

HORACE.

Comme vous voudrez.

D'ANTAS.

Une querelle?... au saut du lit, si matin que cela, entre un rêve sur la cour du régent et une visite à une belle jeune fille?... Me chercher querelle, à moi?... décidément, vous ne me connaissez pas.

HORACE.

Je vous devine.

D'ANTAS.

En vérité?... donc vous ne m'aimez point?...

HORACE.

La première fois que je vous ai vu, monsieur, j'ai senti de la haine pour vous.

D'ANTAS.

De la haine?... oui, il y a comme cela des antipathies soudaines; donc, vous auriez beaucoup de plaisir à me tuer?

HORACE.

J'en réponds!

D'ANTAS.

Mille grâces!... Voyons, je vais vous parler avec calme, car j'ai atteint un âge où l'on ne s'emporte plus, et j'ai eu dans ma vie trop de choses terribles pour m'émouvoir de votre folle provocation. J'ai lutté contre les bêtes féroces, contre des hommes plus dangereux que les lions et les tigres : vous comprenez alors que je ne dois pas avoir peur d'un jeune extravagant qui voudrait empêcher le marquis d'Antas de trouver une femme belle et de le lui dire. Allons, ne tourmentez donc pas ainsi la garde de votre épée; moi, je ne porte la mienne que pour la forme, comme je porte des gants et un chapeau. (Coups de feu et cris au dehors.) Eh bien! qu'y a-t-il donc? (Il regarde au fond.) Encore une attaque!... elle est chaude et nous coûtera du monde... Tenez, jeune homme, ne pensez plus à me tuer, faites un meilleur usage de votre flamberge et courez dégagez votre ami qui est entouré là-bas par les sauvages.

HORACE.

Georges!... Nous nous retrouverons, monsieur!

D'ANTAS.

Pardieu! si vous restez tranquille, nous passerons ensemble sept ou huit mois à bord. (Horace s'éloigne.) Il m'a deviné, disait-il... ces jeunes gens ne doutent de rien.... me deviner, moi!... comme s'il y avait sur la terre un seul être capable d'épeler une syllabe de mon passé et de découvrir sur la figure du marquis d'Antas un des traits de l'aventurier Carlos! Tous ceux qui m'ont connu depuis quinze ans, tous ceux qui pourraient dire : C'est lui, ont disparu... l'Océan a englouti la famille de Lascours, le feu a dévoré *l'Uranie* sur une plage déserte, et la poudre en a broyé les derniers débris; quant à mes complices qui étaient plus dangereux que tout le reste, les trésors une fois trouvés, je me suis débarrassé d'eux l'un après l'autre, et la flèche empoisonnée des Indiens a frappé ceux qu'avaient épargné les maladies et les torrents... Il a donc réussi, l'aventurier Carlos!... il a tenu trente ans à la chaîne son ambition inassouvie et il la démusèle enfin!... Il va rentrer dans cette Europe, sa patrie d'adoption; du fond de son désert, il se rue sur la Babylone moderne... il va lui acheter pêle-mêle tout ce qu'elle veut vendre... et cet homme n'a ni amis, ni famille; il ne doit à personne ni assistance, ni affection; il est seul, tout seul, il ne connait que lui, il n'aime que lui, il est l'égoïsme enchâssé dans l'or!... Place donc à l'homme qui apporte des millions dans chaque main! place au marquis d'Antas! place au roi du monde!

## SCENE V.

D'ANTAS, DIANE, M^me DE THÉRINGE, puis L'OFFICIER.

DIANE.

Encore cette horrible fusillade!

M^me DE THÉRINGE.

N'avançons pas plus loin, Diane... il y aurait danger pour toi.

DIANE.

Et Horace?... où est Horace?...

M^me DE THÉRINGE.

Il se bat, sans doute.

DIANE.

Oh! s'il allait mourir!...

M^me DE THÉRINGE.

Non, non, Dieu veillera sur lui; n'est-il pas maintenant notre seul ami, notre unique soutien dans ce monde?... Le ciel, qui m'a frappée sans relâche, n'infligera pas une nouvelle douleur à mes derniers jours.

D'ANTAS.

Monsieur de Brionne aurait pu se dispenser d'inquiéter mademoiselle.

DIANE.

Je ne l'accuse pas, monsieur, car il fait son devoir de gentilhomme.

D'ANTAS, à part.

C'est de la chevalerie toute pure.

Mme DE THÉRINGE.

Je ne veux pas que tu restes ici.

D'ANTAS.

Oh! ne craignez rien... nos palissades sont bien défendues et l'escarmouche a lieu dans le ravin. Nous pouvons causer sous ces arbres aussi tranquillement que dans un salon.

Mme DE THÉRINGE.

Mais...

DIANE.

Restons, bonne mère, je serai plus près d'Horace.

D'ANTAS.

Vous ne devez pas regretter le Mexique, mademoiselle, car vous y aurez souffert jusqu'au dernier instant.

DIANE.

Oh! c'est vrai.

Mme DE THÉRINGE.

Dieu t'y a envoyé des consolations, mon enfant, ne sois pas ingrate envers lui.

D'ANTAS.

Des consolations bien austères pour une jeune fille, et je pense que mademoiselle a pu, sans crime, désirer un horizon plus large et des joies plus vivantes.

DIANE.

Je ne comprends pas, monsieur.

D'ANTAS.

N'avez-vous donc jamais, lasse de l'exil, brisée par l'ennui, vu resplendir de ce côté, au delà des mers, le soleil de Versailles? n'avez-vous jamais entendu à travers l'espace une voix harmonieuse et pénétrante, vous dire : Viens, viens, ne souffre pas plus longtemps, car ta place est au milieu de nous. Maudites soient la solitude et la tristesse! vivre ailleurs, c'est mourir! et il n'y a pour la femme qu'une existence désirable, c'est celle du luxe et des hommages! Tu es belle, fais de ta beauté un diadème; tu es jeune, fais de ta jeunesse une fête rayonnante!

Mme DE THÉRINGE.

Monsieur le marquis, Diane a perdu, tout enfant, son père et sa mère, il ne lui reste que moi, son aïeule, une pauvre vieille femme, si faible, qu'il y aurait quelque générosité à ne pas abuser de cette faiblesse, et à respecter la jeune fille qu'elle ne peut plus défendre.

D'ANTAS.

Loin de moi, madame, l'intention...

DIANE.

Bonne mère, permets-moi de répondre. Oui, monsieur, du fond de mon exil, j'ai entendu souvent la voix de la France, mais elle ne me parlait pas de plaisirs futiles, de biens éphémères, d'enivrements coupables : Pauvre fille éprouvée, disait-elle, viens à moi, je t'ouvre les bras comme une mère, et je remplacerai celle que tu as perdue! tu as trop souffert pour que la joie te devienne possible, mais viens accomplir dans l'amour et le devoir la tâche sérieuse que Dieu impose aux femmes.

Mme DE THÉRINGE.

Bien, mon enfant, bien!

D'ANTAS.

Voilà d'une puritaine.

Mme DE THÉRINGE.

Oh! ne raillez pas notre foi, monsieur, elle nous a coûté un demi-siècle d'exil.

DIANE.

Maintenant, monsieur le marquis, pour vous répondre plus directement, j'ajouterai que nous ne sommes pas ici dans le paradis terrestre, que je ne suis pas Ève, et que vous n'êtes pas le serpent.

D'ANTAS.

J'ai compris la leçon, mademoiselle, et je m'incline. (A l'officier qui entre.) Eh bien, lieutenant?

L'OFFICIER.

Les Indiens sont en pleine déroute.

DIANE.

Et monsieur de Brionne, l'avez-vous vu?

L'OFFICIER.

Monsieur de Brionne a sauvé la vie au capitaine, et s'est battu comme un lion.

DIANE.

Et... il n'est pas blessé?

L'OFFICIER.

Non, mademoiselle; mais par malheur, nous en avons d'autres qui le sont grièvement, et je venais ici chercher du secours pour eux.

DIANE.

Oh! je veux être la première à leur en porter! Venez, bonne mère, venez!

Mme DE THÉRINGE.

Oui, allons, allons, mon enfant! (Elles sortent.)

D'ANTAS.

Cette jeune fille est charmante et désirable entre toutes, et cependant, ce n'est pas encore elle qui rendra Carlos amoureux!... Chose étrange! une seule passion, celle de l'or, a suffi pour remplir mon ardente jeunesse... Aujourd'hui, cette passion est largement assouvie; je peux satisfaire chacun de mes désirs; je peux, en voyant la plus noble et la plus vertueuse, me dire d'avance : elle m'appartiendra si je le veux! Mais alors, ce n'est pas le cœur qui parle!... Le cœur... Est-ce que je suis destiné à n'aimer jamais?...

## SCENE VI.

D'ANTAS, HORACE, GEORGES.

HORACE.

La voyez-vous encore?

GEORGES.

Non, elle a disparu dans les rochers.

HORACE.

Elle aura pris la fuite.

GEORGES.

Peut-être.

HORACE.

Pourvu qu'on ne tire pas sur elle.

GEORGES.

Soyez tranquille, tous mes hommes sont prévenus... Mais tenez, on l'aperçoit de nouveau.

HORACE.

Oui.

GEORGES.

Elle gravit la colline.

HORACE.

Elle vient de ce côté.

D'ANTAS.

Que regardez-vous donc?

GEORGES.

Cette femme, monsieur le marquis.

D'ANTAS.

Quelle femme?

GEORGES.

Ogarita.

D'ANTAS.

Ogarita?

GEORGES.

C'est une fille de la tribu sauvage; une fort belle fille, en vérité.

D'ANTAS.

Je vous avais défendu de faire des prisonniers.

GEORGES.

Mais elle est libre.

D'ANTAS.

Voyons... Que signifie?...

GEORGES.

Figurez-vous, monsieur, la plus bizarre aventure... Les Indiens se retiraient en désordre et nous les poursuivions vigoureusement, lorsque tout à coup une jeune fille, au lieu de fuir comme tous les autres, marcha vers nous à travers la plaine et au milieu d'une grêle de balles qui heureusement ne l'atteignirent pas. Elle vint droit à nous, et ne s'arrêta que lorsqu'elle fut dans nos rangs. Son visage était très-calme, et il y avait même comme un sourire de joie sur ses lèvres ; elle se mit à regarder avec une attention profonde et une vivacité fiévreuse nos vêtements et nos armes ; puis, de temps à autre, elle portait brusquement ses deux mains à sa tête : on eût dit qu'elle essayait d'en arracher quelque souvenir oublié. Monsieur Horace l'interrogea plusieurs fois, et, chose étrange, elle semblait comprendre certains mots; plusieurs fois même, elle remua les lèvres comme si elle eût voulu les répéter... Enfin, j'ordonnai la retraite, je lui fis signe de regagner les mornes, et je me repliai sur ce plateau. Elle resta immobile un instant, jeta un long regard vers les montagnes et se remit à nous suivre... Dans quelques minutes elle sera ici.

D'ANTAS.

En effet, c'est très-curieux. Et comment savez-vous qu'elle s'appelle Ogarita?

GEORGES.

Les sauvages répétaient ce nom en l'invitant à fuir, et j'ai supposé que c'était le sien.

D'ANTAS.

Ogarita, en indien, veut dire *blé fleuri*, et s'il y a dans la femme autant de poésie que dans le nom...

GEORGES.

Vous savez l'indien, monsieur le marquis?

D'ANTAS.

Certes.

GEORGES.

Alors, vous pourrez l'interroger.

D'ANTAS.

Volontiers, pour nous divertir un peu.

HORACE.

La voici.

D'ANTAS.

Voyons cette merveille.

## SCENE VII.

LES MÊMES, OGARITA. (Elle aperçoit d'abord Georges, qu'elle examine avec curiosité; puis, voyant Horace, elle court à lui, et semble le regarder avec bonheur; elle lui saisit la main et prononce quelques mots indiens.)

OGARITA.

Tayo... Eva...

D'ANTAS, à Horace.

C'est le nom d'ami, de frère qu'elle vous donne.

HORACE.

Qu'elle est belle!...

D'ANTAS.

En vérité? Voyons... (Il lui prend le bras et la fait se retourner; elle fait un mouvement de répulsion en le voyant.)

D'ANTAS, à part.

Qu'ai-je vu? ces traits!... Allons, je suis fou... Cette fille a vingt ans à peine, et madame de Lascours en aurait cinquante.

GEORGES.

Eh bien! monsieur le marquis?

D'ANTAS, haut.

Oui, oui, bien belle, en effet. (A part.) Cette ressemblance est étrange... et ce que j'éprouve à l'aspect de cette jeune fille est plus étrange encore... Sa vue me torture comme un remords, et mon cœur bat comme pour me dire : voilà celle que tu aimeras ! (Haut.) Allons, allons, il faut éloigner cette femme.

HORACE.

Pourquoi donc, monsieur le marquis?

GEORGES.

Ne deviez-vous pas l'interroger?

D'ANTAS.

A quoi bon?

GEORGES.

Dites-lui quelques mots, je vous en prie.

D'ANTAS.

Elle ne me répondrait pas. (Il s'approche d'Ogarita qui s'éloigne de lui.) Vous le voyez... décidément je lui déplais; c'est à vous, monsieur Horace, que reviennent toutes ses sympathies.

HORACE.

Mais ne trouvez-vous pas bien étrange, monsieur, cette terreur qu'elle semble éprouver à votre aspect ?

D'ANTAS.

Moi?

HORACE.

Tenez, je veux lui adresser une question.

D'ANTAS.

En indien ?

HORACE.

En français, et peut-être me comprendra-t-elle, car mon cœur et mes yeux lui parleront plus que mes lèvres.

D'ANTAS.

Et sur quel sujet monsieur Horace va-t-il l'interroger?

HORACE, avec force.

Sur vous.

D'ANTAS.

Sur... moi?

HORACE.

Pourquoi pas ?

D'ANTAS.

Faites, monsieur, mais hâtez-vous.

HORACE, joignant la pantomime aux paroles.

Ogarita, cet homme, est-ce que vous le connaissez? est-ce que vous l'avez déjà vu? (Elle semble vouloir s'éloigner de d'Antas.) Craignez-vous de vous approcher de lui? (Il la conduit près de d'Antas.)

OGARITA.

Oh!... (Elle s'éloigne en frissonnant.)

D'ANTAS, à part.

Et moi qui me sentais prêt à l'aimer!... (Haut à Georges.) Maintenant que monsieur de Brionne est satisfait, exécutez mes ordres.

HORACE.

Oh ! cependant...

GEORGES.

Après tout, c'est peut-être la curiosité seule qui l'a conduite ici, peut-être donnons-nous à ses gestes un sens qu'ils n'ont pas, ou qui résulte du hasard?...

D'ANTAS.

A la bonne heure ! voilà un homme raisonnable.

HORACE, à Georges.

Mais regardez-la, mon ami, regardez ce front noble, ces yeux suppliants, cette bouche qui voudrait parler... Non, non, je ne me trompe pas, il y a ici un mystère profond.

D'ANTAS.

Capitaine, qui donc a le droit de commander, monsieur Horace ou moi ?

GEORGES.

Allons, partez, pauvre femme, en emportant un bon souvenir de ceux que vous ne devez jamais revoir. Pendant que notre navire fera voile vers d'autres climats, allez retrouver dans vos montagnes votre mari ou votre mère...

OGARITA.

Mère... mère !...

HORACE.

Ce mot...

GEORGES.

Entendez-vous, monsieur le marquis ?

D'ANTAS.

Oui... est-ce que cela vous étonne ?

HORACE.

Beaucoup !

D'ANTAS.

Et pourquoi les sauvages ne répéteraient-ils pas les paroles qu'il entendent?

HORACE.

Mais l'accent, l'expression...

D'ANTAS.

Elle aura retenu ce mot arraché par les tortures à quelque Français prisonnier de sa tribu, et si une chose m'étonne, c'est de vous voir prendre de l'intérêt à une diablesse dont les compagnons voulaient nous écharper bel et bien... N'est-elle pas trop heureuse déjà qu'on la laisse libre?

HORACE.

J'emmène cette femme!

D'ANTAS.

Et sur quel navire, je vous prie?

HORACE.

Sur celui de Georges.

D'ANTAS.

C'est-à-dire sur le mien. Il serait au moins poli de me demander la permission.

GEORGES.

Je vous la demande, moi, monsieur le marquis.

D'ANTAS.

Je la refuse.

HORACE, à Georges.

N'obéissez pas!

GEORGES.

Mon ami!...

HORACE.

N'obéissez pas, vous dis-je! Au nom de votre loyauté, de cette affection que le péril vient de rendre plus sainte encore.

GEORGES.

Mais je suis lié...

HORACE.

Abandonner cette femme, c'est un crime!

D'ANTAS, à Ogarita.

Allons, finissons, partez! je le veux! (Elle s'éloigne.)

HORACE.

Adieu, donc, adieu!...

OGARITA.

Dieu!... (Elle montre le ciel à d'Antas.) Dieu!...

D'ANTAS, à part.

Si tu n'es pas une vaine ressemblance, disparais pour toujours; l'abîme t'avait rejetée, le désert va te reprendre! (Au moment de sortir, Ogarita jette un cri en voyant entrer Diane et M^me de Théringe.)

## SCÈNE VIII.

LES MÊMES, DIANE, M^me DE THÉRINGE.

DIANE, poussant un cri de surprise.

Ah!...

M^me DE THÉRINGE, de même.

Mon Dieu!

DIANE.

Jésus! est-ce une vision!... (A M^me de Théringe.) Regardez!

M^me DE THÉRINGE.

Ces yeux... ce visage... mais... c'est...

DIANE.

C'est la figure de ma mère! ce sont les traits de ma mère!

HORACE.

Diane...

D'ANTAS.

Que dit-elle? (Ogarita regarde Diane et M^me de Théringe, puis elle va de l'une à l'autre et secoue la tête comme pour dire :) JE NE LES CONNAIS PAS.

M^me DE THÉRINGE.

Est-ce un miracle du ciel? Qui es-tu toi qui m'apparais comme un souvenir vivant? Oh! parle-moi, parle-moi!

HORACE.

Hélas! madame, c'est une enfant de ce pays sauvage qui ne peut ni vous comprendre ni vous parler.

M^me DE THÉRINGE.

Et cependant, c'est toi... c'est bien... (avec tristesse.) Non, j'oubliais ces longues années écoulées, Diane, ce n'est pas elle, ce n'est que l'image de ta pauvre mère.

DIANE.

Oui, ma mère à vingt ans, éclatante de jeunesse comme je la vois dans mes rêves.

D'ANTAS.

Voilà bien ces filles pieuses qui retrouvent partout le portrait de leurs mères... Ainsi à vos yeux, mademoiselle, Ogarita ressemble à votre mère, à madame de Théringe.

M^me DE THÉRINGE.

Ma fille ne s'appelait pas madame de Théringe, monsieur; elle portait le nom de son mari.

DIANE.

Elle s'appelait Louise de Lascours.

D'ANTAS, à part.

Louise de Lascours?

DIANE.

Mais elle, qui nous rappelle tout ce que nous avons aimé, nous ne la quitterons pas; nous l'emmènerons, n'est-ce pas, ma mère?

M^me DE THÉRINGE.

Oui, mon enfant.

HORACE.

L'emmener, je le voulais, mais le marquis d'Antas s'y est opposé.

DIANE, à d'Antas.

Vous, monsieur! c'est impossible.

D'ANTAS.

Je m'y oppose encore, mademoiselle.

M^me DE THÉRINGE.

Monsieur, je vous en conjure.

DIANE.

Cette ressemblance qui nous a frappées l'une et l'autre, ce n'est peut-être pas le hasard seul qui l'a fait naître.

M^me DE THÉRINGE.

Que dis-tu?... mais en effet...

DIANE.

Ah! vous m'avez comprise, ma mère. (A Ogarita.) Et toi, si mon cœur ne me trompe pas... Mais viens-moi donc en aide... si tu es... O mon Dieu! que lui dire?... et de quel nom l'appeler pour réveiller ses souvenirs?...

HORACE.

Ceux de ce pays l'appellent Ogarita.

DIANE.

Ogarita, ce n'est pas là ton nom chrétien, le nom que t'a donné ta mère dans son premier baiser... oui, tu te souviens... ta mère!... cherche, cherche bien... l'Océan... un navire... des matelots, des hommes pareils à ceux qui nous entourent...

M^me DE THÉRINGE.

Un naufrage?...

DIANE.

Des cris de désespoir, une étreinte suprême entre les bras de ta mère...

M^me DE THÉRINGE.

Ta mère... entends-tu, ta mère!...

OGARITA.

Mère...

DIANE.

Tu te souviens, n'est-ce pas?... (Ogarita porte les mains à son front, secoue la tête et va s'asseoir à l'écart.)

M^me DE THÉRINGE.

Rien...

DIANE.

Rien!

D'ANTAS.

Je pense maintenant que personne ne s'opposera plus à l'exécution de mes ordres. Monsieur de Laval, éloignez cette femme.

M^me DE THÉRINGE.

Monsieur, au nom du ciel!...

DIANE.

Grâce!

HORACE.

Georges, parlez, que ferez-vous?

GEORGES.

Ami, ce n'est ni mon désir ni mon cœur qu'il m'est permis de consulter; il y a ici une volonté plus puissante que la mienne.

D'ANTAS, avec force.

Et je vous ordonne d'obéir!

HORACE.

Arrêtez!... pour la dernière fois, consentez-vous à rétracter cet ordre?

D'ANTAS.

Non.

HORACE.

Eh bien, Georges, je vais vous rendre libre de n'écouter que le cri de votre conscience. (Il tire son épée.) Capitaine Georges de Laval, je vais vous faire seul maître sur votre bord... Marquis d'Antas, si votre épée n'est pas celle d'un lâche, défendez-vous.

D'ANTAS.

Soit! (Il dégaine. — Les armes se croisent.)

DIANE.

Arrêtez! (Elle se jette entre eux. — A genoux.) Ma mère, ma mere, c'est pour nous qu'il veut mourir... Et toi, Dieu des faibles et des orphelins...

OGARITA.

Ah! (Elle s'élance vers Diane et lui met la main sur la bouche.) Dieu des faibles... et des orphelins...

M^me DE THÉRINGE.

Écoutez, écoutez!

DIANE, poussant un cri en la regardant avec bonheur.

Sauve-nous...

OGARITA, s'agenouillant.

Sauve-nous du gouffre qui dévore et du méchant qui tue...

Mme DE THÉRINGE.

La prière que j'avais apprise à ma fille, et qu'elle a transmise à son enfant...

DIANE.

Ma sœur! ma sœur! (A d'Antas.) Vous voyez bien, monsieur, que c'était ma sœur!

Mme DE THÉRINGE.

Oserez-vous encore ordonner qu'on nous sépare?

D'ANTAS.

Non, madame, non. Le marquis d'Antas n'est pas aussi terrible que le suppose cet excellent monsieur Horace. Capitaine, disposez tout pour le départ, et, grâce à la présence des deux anges dont la prière va si droit au ciel, nous aurons, j'en suis sûr, la plus heureuse des traversées.

Mme DE THÉRINGE.

Oh! merci, monsieur, merci!

DIANE.

Ma sœur chérie! nous ne nous quitterons plus... comprends-tu bien? es-tu heureuse?... allons, viens, viens. (Elle l'emmène.)

D'ANTAS.

Oh! c'est comme une fatalité; mais je suis heureux de ne pas me séparer d'elle. (Un chant lointain se fait entendre.)

LA COMTESSE.

Qu'est-ce donc?

HORACE.

C'est le chant de sa tribu. (Ogarita envoie un adieu du côté de la montagne, et baisse les yeux avec tristesse.)

DIANE.

Regrettes-tu de quitter ce pays, de partir avec nous?... de voir la France?

OGARITA.

France! France! (Elle entoure de ses bras Diane et Mme de Théringe.)

D'ANTAS.

Partons!

---

## ACTE IV.

Un salon du temps de la Régence.

### SCENE I.

D'ANTAS, GEORGES. (Au lever du rideau, Georges est assis pensif près d'une table; on frappe plusieurs coups à une porte latérale sans que ce bruit le tire de sa rêverie; enfin, la porte s'ouvre, et d'Antas paraît.)

D'ANTAS.

Monsieur de Laval, je vous salue.

GEORGES.

Ah! c'est vous, monsieur le marquis?

D'ANTAS.

Je vous ai dit hier de m'attendre à cette heure dans le salon de madame de Théringe, et je vois avec plaisir que vous êtes exact... Je vous reproche seulement de m'avoir laissé frapper sans m'ouvrir...

GEORGES.

Pardon, je n'avais pas entendu.

D'ANTAS.

C'est possible. Du reste, n'oubliez pas que faire la sourde oreille avec moi, c'est du temps perdu, car j'ai toujours une double clef des serrures et au besoin je les brise.

GEORGES.

Je vous répète, monsieur, que je n'avais pas entendu frapper...

D'ANTAS.

N'en parlons plus... C'est égal, il faut vous soigner, mon cher, votre santé m'inquiète.

GEORGES.

Comment?

D'ANTAS.

Oui, vous avez mal à la conscience, et je ne connais rien de plus malsain que les scrupules. Guérissez-vous de cela.

GEORGES.

Croyez-vous donc que je puisse me résigner à une existence pareille?... Je ne m'appartiens plus, une main de fer pèse sur moi... Je subis la volonté d'un maître inflexible... Oh! ne me rendrez-vous jamais ma liberté?

D'ANTAS.

Votre liberté? Ingrat! quand j'ai tant fait pour lui!

GEORGES.

Vous?

D'ANTAS.

Nous sommes en France depuis deux mois à peine, et vous avez déjà la meilleure part dans les faveurs du régent... Cette haute position, n'est-ce pas à moi que vous la devez? N'est-ce pas moi qui vous ai placé près de Son Altesse?

GEORGES.

Pour que je vous y servisse d'instrument et d'espion.

D'ANTAS.

Pardieu! où serait la nécessité de faire le bien, si on n'y gagnait pas?... Maintenant, parlons d'autre chose, je vous prie, et répondez à mes questions.

GEORGES.

Si je refusais de répondre?

D'ANTAS.

Allons donc!

GEORGES.

Je refuse!

D'ANTAS.

A votre aise... Un jour, monsieur Georges de Laval, entraîné à de folles dépenses pour une belle fille qu'il aimait, a, pour se procurer de l'argent, signé un parchemin d'un autre nom que le sien...

GEORGES.

Oh! taisez-vous!

D'ANTAS.

Cela s'appelle un faux, je crois.

GEORGES.

Plus bas, plus bas...

D'ANTAS.

Moi, j'ai acheté ce précieux parchemin, et avant une heure il sera remis au régent.

GEORGES.

Soit! je serai perdu.

D'ANTAS.

Mais votre perte, c'est la honte de votre nom, le déshonneur de toute une famille.

GEORGES.

Mon père!...

D'ANTAS.

Je vois que vous allez me répondre... Ainsi, depuis son arrivée à Paris, madame de Théringe croit toujours qu'elle habite une hôtellerie louée par vous?

GEORGES.

Elle le croit.

D'ANTAS.

Elle ne soupçonne pas la main mystérieuse qui l'enferme comme dans un cercle magique, l'œil qui la regarde agir, l'oreille qui l'écoute parler!

GEORGES.

Non... cependant, ce qui se passe autour d'elle commence à lui sembler étrange.

D'ANTAS.

Et vous avez soin, comme je vous en ai chargé, d'éloigner ses soupçons?

GEORGES.

Oui!

D'ANTAS.

Bien! — Où est monsieur Horace, aujourd'hui?

GEORGES.

Au Palais-Royal où il sollicite une lieutenance.

D'ANTAS.

Je ne m'oppose pas à ce qu'on la lui donne... s'il est sage... dans un régiment des colonies.

GEORGES.

Je ferai observer à monsieur le marquis que Son Altesse m'attend...

D'ANTAS.

Elle attendra, monsieur; je n'ai pas fini. Le désir de madame de Théringe est qu'Horace épouse mademoiselle Diane... S'occupe-t-on de ce mariage?

GEORGES.

Mais...

D'ANTAS.

S'occupe-t-on de ce mariage?

GEORGES.

Madame de Théringe a écrit au régent pour le prier d'y consentir.

D'ANTAS.

Veillez à ce que le régent consente le plus vite possible... Oh! ce n'est pas de là que doit venir l'obstacle... Mais je crains que Diane ne soit pas aimée... Renseignez-moi donc là-dessus, vous, l'ami du futur.

GEORGES.

Vous voulez que j'abuse de sa confiance pour voler ses secrets et vous les livrer?

D'ANTAS.

Autrement, quel profit aurais-je à ce que vous fussiez son ami?

GEORGES.

Je ne le suis plus, monsieur..... Cette affection si pure, formée dans l'exil, qui me relevait à mes propres yeux, et qui fut le seul bonheur de ma vie, je l'ai brisée volontairement pour n'être pas forcé de la trahir!... Depuis le jour où vous avez croisé le fer avec Horace, j'ai fui ses confidences avec terreur, j'ai fermé l'oreille à ses reproches, j'ai détourné la tête à sa rencontre, je me suis laissé méconnaître et condamner par lui; mais du moins je ne le trahirai pas... Ce noble cœur est à jamais fermé pour moi, monsieur le marquis; cherchez d'autres espions pour y lire.

D'ANTAS.

Autant de paroles inutiles, mon cher monsieur de Laval. Faites, je vous prie, annoncer ma visite à madame de Théringe, et allez chez son altesse attendre de nouvelles instructions.

GEORGES, à part.

Oh! je préviendrai Horace, car lutter contre cet homme c'est s'attaquer au démon.

## SCENE II.

D'ANTAS, seul.

Ainsi, je suis amoureux, moi, Carlos, l'indomptable aventurier, l'homme des complots sinistres et des révoltes sanglantes, moi qui ai passé vingt ans dans un désert à chercher l'or qui était mon Dieu! C'en est fait! j'ai un cœur, un cœur qui désire et qui souffre!... mes crimes, mon ambition, mon égoïsme, l'orgueil d'avoir réussi, tout cela vient aboutir à un amour insensé... et la femme que j'aime porte le nom de Lascours!... N'importe! j'ai combattu de toutes mes forces cette folle passion, mais puisque je n'ai pu la vaincre, je veux l'assouvir!... Ogarita, tu seras à moi, malgré tout, malgré le souvenir terrible du passé, malgré ta haine! Pourquoi me hait-elle? pourquoi toujours, à mon approche, cette lèvre crispée, cet œil plein d'éclairs, ce frémissement étrange?... si elle se souvenait, si elle m'avait reconnu?... mais non, je suis certain du contraire!... pendant le voyage et depuis l'arrivée, invisible ou présent, j'ai épié avec un charme inquiet le réveil de cette intelligence, comme on épie l'éclosion d'une fleur; j'ai vu cette pensée se dégager peu à peu des ténèbres... j'ai scruté d'un regard avide cette âme qui s'ignorait encore... et j'en suis convaincu... la vie ne commence pour Ogarita que du jour où les Indiens l'ont trouvée sur le rivage!

## SCENE III.

D'ANTAS, Mme DE THÉRINGE.

Mme DE THÉRINGE.

Monsieur le marquis, j'allais vous faire prier de passer chez moi.

D'ANTAS.

Puis-je savoir, madame, ce qui me valait cet honneur?

Mme DE THÉRINGE.

Je vais vous le dire: A mon âge, monsieur, on n'aime plus les contes de fées.

D'ANTAS.

Je ne vous comprends pas.

Mme DE THÉRINGE.

Que je donne un ordre et je suis obéie sans retard; que je forme un désir et on le satisfait comme par enchantement; les valets qui m'entourent sont autant de génies familiers.

D'ANTAS.

Cela prouve une bonne tenue de maison.

Mme DE THÉRINGE.

Pourquoi, depuis quelques jours, portent-ils ma livrée?

D'ANTAS.

Le maître de cet hôtel aura voulu, par là, vous donner une marque de respect.

Mme DE THÉRINGE.

Le maître de cet hôtel?... mais j'ai demandé cent fois à le voir, il est toujours absent.

D'ANTAS.

Ces gens-là ont tant à faire...

Mme DE THÉRINGE.

Hier, au moment de sortir, j'ai trouvé en bas une voiture à mes armes; l'autre soir, j'étais seule avec mes enfants, tout à fait seule, et je leur parlais de leur prochaine présentation à la cour... deux heures plus tard, elles trouvaient dans leur chambre les plus belles parures, les étoffes les plus rares...

D'ANTAS.

Pour le coup, voilà du merveilleux!...

Mme DE THÉRINGE.

Alors, un soupçon m'est venu, monsieur le marquis, et j'ai pensé que vous deviez connaître ce protecteur invisible.

D'ANTAS.

Mais...

Mme DE THÉRINGE.

Vous le connaissez?

D'ANTAS.

Eh bien!... oui.

Mme DE THÉRINGE.

Et cet homme s'appelle?... Parlez donc, monsieur!

D'ANTAS.

Il s'appelle Philippe d'Orléans.

Mme DE THÉRINGE.

Le régent!... Comment, c'est son altesse?...

D'ANTAS.

Oui, madame, le régent, qui vous a délivrée de l'exil et veut vous rendre à la cour de France le rang dont vous êtes digne.

Mme DE THÉRINGE.

Mais qui donc son altesse a-t-elle chargé de nous distribuer ses bienfaits?

D'ANTAS.

Eh bien! madame, son altesse a pris pour intermédiaire votre meilleur ami.

Mme DE THÉRINGE.

Mon meilleur ami?

D'ANTAS.

Moi.

Mme DE THÉRINGE.

Vous?...

## SCENE IV.

LES MÊMES, OGARITA, DIANE.

DIANE.

Mais viens donc, viens donc, Ogarita.

OGARITA, entrant lentement.

Me voilà.

DIANE.

C'est sans doute lui qui est là, Horace...

OGARITA.

Horace!.. (Elle court à d'Antas qui se retourne et la salue.) Non!... (Elle s'éloigne de d'Antas.)

DIANE, à part.

Ce n'est pas lui.

D'ANTAS, à Ogarita.

Mademoiselle ne me voit pas avec plaisir?

OGARITA.

Non.

DIANE.

Ogarita...

Mme DE THÉRINGE.

Monsieur le marquis est un étranger... (A d'Antas.) Excusez-la...

D'ANTAS.

Oh! de tout mon cœur!

OGARITA.

Pourquoi l'excuser? Ogarita n'a rien fait de mal.

Mme DE THÉRINGE.

Mon enfant! ton rang dans le monde, ton sexe même, exigent de toi certains égards, certaines politesses...

OGARITA.

Être poli... c'est donc... déguiser sa pensée... D'Antas, ton visage est aimable... tu es bon... Ogarita est heureuse de te voir... j'ai été polie. (Elle va s'asseoir.)

DIANE.

Ma sœur...

D'ANTAS.

Laissez, laissez-la dire... (Ogarita se renverse à moitié sur un coussin en s'accoudant sur un fauteuil.)

Mme DE THÉRINGE.

Que fais-tu?

OGARITA.

Je me repose, mère. — C'est ainsi qu'Ogarita s'appuyait au sommet d'un morne pour contempler l'azur profond, l'immensité, l'infini!

D'ANTAS.

On a de ce balcon un spectacle encore plus saisissant et plus grandiose.

OGARITA.

Lequel?

D'ANTAS.

Quoi! vous n'avez pas admiré avec transports ces palais, ces monuments, ces prodiges de toute sorte, qui révèlent à chaque pas la puissance de l'homme?...

OGARITA.

Et nos savanes, et nos grands dômes de verdure qui révèlent à chaque pas la puissance de Dieu!

D'ANTAS.

Croyez-moi, la vie n'est pas au milieu d'un désert où le cœur se blesse en se repliant sur lui-même; où la pensée s'étiole dans une extase énervante! La vie, elle est ici, dans cette fournaise humaine, dans le tourbillon de ces fêtes, dans les jouissances du luxe, dans la possession d'une fortune sans égale et d'un pouvoir sans bornes.

OGARITA, *sans l'écouter.*

Grimpe au latanier,
Grimpe, écureuil noir,
Et plonge-toi dans l'air
Qui vient de l'Océan...

D'ANTAS.

Ah! vous ne m'écoutez pas, vous détournez la tête... (Baissant la voix.) Et pourtant... si vous vouliez répondre à l'amour le plus profond. (Ogarita bondit et se relève.)

OGARITA.

Laissez-moi!... laissez-moi...

D'ANTAS.

Ne me repoussez pas ainsi!

OGARITA.

Il y a des instants où le son de ta voix torture le cœur d'Ogarita.

D'ANTAS.

Mais enfin, pourquoi me haïssez-vous? je ne vous ai jamais fait de mal?

OGARITA.

Qui sait?

D'ANTAS.

Comment?

Mme DE THÉRINGE.

Ogarita!

DIANE.

Ma sœur...

OGARITA.

Dans nos tribus sauvages, on croit à une existence antérieure à celle-ci... Eh bien! sans ma foi chrétienne, et si je n'avais pas lu ce livre saint, cette Bible que tu m'as donnée, sœur, je croirais que, dans une autre vie, j'ai dû souffrir par lui!

D'ANTAS.

Quelle pensée!

OGARITA.

Oui, j'en ai la conviction, j'ai déjà entendu cette voix, j'ai déjà senti ce regard peser sur moi... mais où donc, mon Dieu, où donc?

D'ANTAS, à part.

Il est temps!

Mme DE THÉRINGE

Ma fille!... c'est de la fièvre, c'est de la déraison!

OGARITA.

Pourquoi?... ce n'est par le seul souvenir effacé de l'esprit d'Ogarita... Enfant, elle a reçu les caresses d'une mère, et pourtant, elle ne se la rappelle pas.

Mme DE THÉRINGE.

Quoi! pas une lueur, pas un indice?

OGARITA.

Rien!

DIANE.

Et cette prière, cependant?...

Mme DE THÉRINGE.

Oui, cette prière commencée par Diane, et que tu as achevée, d'où te vient-elle?

OGARITA.

Ogarita la murmurait sans doute quand les Indiens l'ont trouvée évanouie sur la plage; elle avait une blessure à la tête, sa raison était morte... elle prononçait des mots qu'ils ne comprenaient pas; ils emportèrent l'enfant, loin... bien loin... et lorsqu'elle revint à la vie, un voile couvrait le passé, il n'y avait plus derrière elle que la nuit d'un abîme sans fond.

DIANE.

Oh! bénis soient tes sauveurs!

Mme DE THÉRINGE.

Patience, ma fille, le Dieu qui t'a conduite vers nous ne laissera pas son miracle inachevé!

OGARITA.

J'attends!

D'ANTAS, à part.

Il ne faut plus personne entre cette femme et moi!

DIANE.

Et tu es heureuse auprès de nous, tu ne regrettes rien du passé?

OGARITA.

Ogarita se souvient des pauvres Indiens qui l'ont recueillie... elle avait parmi eux des amis... elle les aimait au milieu de la joie et du rire. Vous, c'est avec de douces larmes qu'elle vous chérit... là-bas, elle n'avait que des compagnes; ici, elle a une sœur, une sainte aïeule, et entre elles deux, un souvenir, une ombre chérie dont elle croit sentir les caresses, et dont la voix lui parle là....

DIANE.

Ma mère! ma mère!... (Ogarita a pris leurs mains qu'elle a placées sur son cœur.)

OGARITA.

Oh! je vous aime! je vous aime!

## SCÈNE V.

LES MÊMES, HORACE.

OGARITA.

Horace!... je t'aime aussi! je vous aime tous!

D'ANTAS, à part.

Et lui plus que tous, peut-être!

DIANE.

Comme vous venez tard!

HORACE.

J'ai eu ce matin une audience de son altesse.

Mme DE THÉRINGE.

Vous avez vu le régent?

HORACE.

Oui, madame, et j'ai reçu de lui l'accueil le plus gracieux.

Mme DE THÉRINGE.

Il vous a parlé, sans doute, des bontés dont il nous comble?

HORACE.

Non, madame, car il y a une heure, son altesse ignorait encore que vous fussiez en France...

D'ANTAS, à part

Diable!

Mme DE THÉRINGE.

Est-ce possible?

HORACE.

Elle l'a seulement appris par moi et par la lettre que vous lui avez adressée.

Mme DE THÉRINGE, à d'Antas.

Mais alors, monsieur, ce que vous m'avez dit...

D'ANTAS.

Ce que je vous ai dit, madame...

Mme DE THÉRINGE.

Eh bien?

D'ANTAS.

Eh bien! je m'exécute de bonne grâce, madame, et j'avoue... que je vous trompais.

Mme DE THÉRINGE.

Ainsi, cette maison, ces domestiques?...

D'ANTAS.

Tout cela m'appartient.

Mme DE THÉRINGE.

Si puissant que vous soyez, monsieur le marquis, vous ne refuserez pas l'explication de votre conduite à la comtesse de Théringe.

D'ANTAS.

C'est trop juste. (Montrant Ogarita.) J'aime mademoiselle de Lascours.

OGARITA.

Moi!

HORACE.

Elle ne vous aime pas!

D'ANTAS.

Ce n'est pas vous que j'interroge.

OGARITA.

Ami, ta pensée est la mienne.

HORACE.

Qu'espérez-vous encore, monsieur?

D'ANTAS.

Tout, monsieur; je suis très-tenace et de plus, j'ai une trop grande habitude de la vie pour m'effrayer si vite. On a vu souvent, par un caprice du cœur, les meilleures liaisons commencer de la sorte, et j'espère, à force de soins, triompher d'une aversion qui n'a aucune cause sérieuse. J'offre à mademoiselle, avec ma main, le plus grand nom du Mexique, la plus grande fortune de France et le partage d'un pouvoir souverain qui a l'or pour base et pour couronne.

HORACE.

Encore une fois, elle ne vous aime pas.

D'ANTAS, à Mme de Théringe.

Madame, c'est à vous que je m'adresse.

Mme DE THÉRINGE.

Vous auriez dû le faire plus tôt, monsieur le marquis, et si vous croyez aujourd'hui nous éblouir par vos offres, vous êtes dans une erreur profonde : Ce n'était point par une protection mystérieuse, par des bienfaits presque insultants pour nous qu'un homme vraiment loyal devait rechercher notre alliance. — Ce ne sont pas les froids calculs de mon âge, c'est le cœur de mon enfant que j'interrogerai. Parle, Ogarita, veux-tu être la compagne, la femme du marquis d'Antas?

OGARITA.

Moi!

D'ANTAS.

Ce n'est pas seulement mon amour, ce sont des trésors immenses, c'est un pouvoir sans bornes que je vous offre...

OGARITA.

Ogarita refuse ta richesse, ton pouvoir, ton amour.

LA COMTESSE.

Maintenant, monsieur le marquis, je ne vous dis pas de quitter une maison qui vous appartient, c'est à nous d'en sortir les premiers.

D'ANTAS.

Je me retire. Réfléchissez encore, madame, et si quelque jour le malheur vient frapper à votre porte... (à part) et il viendra... (haut) appelez-moi, madame, je serai toujours prêt à vous tendre cette main qu'on repousse aujourd'hui. (Il sort.)

## SCÈNE VI.

LES MÊMES, excepté D'ANTAS, UN DOMESTIQUE.

DIANE.

Son adieu est une menace.

HORACE.

Oh! ne vous alarmez pas.

Mme DE THÉRINGE.

Dieu est le maître, et nous avons fait notre devoir.

DIANE.

Horace, il faudra revoir le régent.

HORACE.

Oui, oui; mais ce qui presse le plus, c'est de quitter cette maison. Je vous en ai trouvé une autre, et j'ai pris pour vous servir un brave garçon sur lequel je suis sûr qu'on peut compter. Comme j'avais prévu ce qui arrive, je lui ai fait promettre de venir avant une heure; il ne peut tarder maintenant.

Mme DE THÉRINGE.

Merci, mon cher Horace; j'ai encore des amis à la cour, et je vais leur écrire pour obtenir par eux l'appui de son altesse. (Elle sort.)

OGARITA.

Frère, l'amour, c'est donc une chose bien odieuse, que mon âme se révoltait en écoutant cet homme?

HORACE.

L'amour comme il le comprend, lui, c'est l'amour vénal, dégradant, corrompu; le luxe de quelques jours, l'éclat de quelques heures, puis la vieillesse pauvre et abandonnée, l'isolement dans le remords, l'enfer des femmes perdues!

OGARITA.

Oh! oui, ce doit être là son amour!...

DIANE.

Mais il y en a un autre, ma sœur...

OGARITA.

Un autre?

DIANE.

L'amour pur, béni du ciel, tout de sacrifice et de devoir.

OGARITA.

Parle, parle encore...

DIANE.

Celui qui met un sourire aux lèvres, élève la conscience et remplit le cœur de rayons.

OGARITA.

Continue, Diane, continue...

DIANE.

Celui de la fiancée, de l'épouse, de la mère!

OGARITA.

Oh! c'est mon amour, à moi!

DIANE.

Ton amour?

HORACE.

Que dit-elle?

UN DOMESTIQUE, entrant.

De la part de son altesse le régent, à monsieur Horace de Brionne. (Il remet une lettre et sort.)

HORACE.

Mon brevet de lieutenant... de plus, son altesse approuve mon mariage avec mademoiselle Diane de Lascours...

DIANE.

Horace!

OGARITA.

Un mariage... Diane... Horace...

DIANE.

Oui, je vais être sa femme.

OGARITA.

Tu... tu l'aimes donc?

DIANE.

Oui

OGARITA.

L'amour de la fiancée... de l'épouse... de la mère... (S'animant.) Un mariage... c'est-à-dire... vivre tout entiers l'un pour l'autre... toi pour lui, lui pour toi!

DIANE.

Qu'as-tu donc, ma sœur?

OGARITA.

Rien, je n'ai rien, moi.

DIANE.

Tu chancelles!

OGARITA.

Non, Ogarita est forte, Ogarita est heureuse; n'est-elle pas aimée aussi, elle?... D'Antas l'a demandée pour femme!

HORACE, à part.

Oh! quel supplice, mon Dieu!

DIANE.

Ma sœur... tu souffres!...

OGARITA.

Eh bien, oui, je souffre!

DIANE.

Pourquoi?

OGARITA.

Parce que.. parce que je suis jalouse!

DIANE.

Jalouse!

OGARITA.

Vous serez si heureux que je deviendrai un fardeau pour vous, et que vous m'oublierez comme une morte.

HORACE.

Vous oublier! jamais!

OGARITA.

C'est à ma sœur que je parle.

DIANE.

Comme elle l'a regardé!

OGARITA.

Je veux vous quitter... je veux partir!

DIANE.

Que dis-tu?

OGARITA.

Que ferait parmi vous une fille des déserts, une sauvage, comme on dit?... Dans votre monde, tout m'irrite, me blesse, me torture!... J'ai besoin par instants de rugir comme nos bêtes féroces, de bondir comme les flots de l'Océan!... Oui, j'étouffe ici!... de l'air! de l'air!...

DIANE, à part.

Quel soupçon!

OGARITA.

Je veux partir!

DIANE.

Mais tu ne nous aimes donc plus?

OGARITA.

Je vous dis que je veux partir!

DIANE.

Et où iras-tu?

OGARITA.

J'irai devant moi, comme l'eau qui coule, comme le nuage qui vole.

HORACE.

Ogarita, vous m'avez repoussé... vous me repoussez encore... mais j'ose m'approcher de vous, je m'empare de cette main qu'autrefois vous m'abandonniez comme à un frère et je ne la quitterai plus que vous ne me promettiez de rester près de nous! Vous êtes la joie de ce foyer, l'âme de cette famille... Partir, ce serait emporter tout notre bonheur et nous condamner à un deuil éternel.

OGARITA, avec hésitation.

Horace! Horace!

DIANE, à part.

Oh! je sens là... ils s'aiment!

OGARITA, regardant Diane.

Non, non, c'est impossible!... Ma liberté!... je veux ma liberté! (Elle va pour sortir et se trouve en face de Barabas.)

## SCÈNE VII.

LES MÊMES, BARABAS, Mme DE THÉRINGE.

BARABAS.

Pardon, excuse, la compagnie; j'viens prendre les ordres de monsieur... (Apercevant Ogarita.) Ah! ciel de Dieu! ah! Dieu du ciel!

OGARITA.

Pourquoi me barres-tu le passage?

BARABAS.

C'est que... mais non, mais si!... Bien le bonjour, madame... Sauvée! vivante!... Saints du Paradis! vous avez donc trouvé, comme moi, un brick danois qui vous a délivrée des glaces et des ours blanches?...

HORACE.

A qui donc croyez-vous parler?

BARABAS.

A qui? Mais à mame la capitaine de Lascours.

Mme DE THÉRINGE.

Vous l'avez connue?

BARABAS.

J'crois bien!

DIANE et OGARITA.

Ma mère?

HORACE.

Où?... Parlez...

BARABAS.

A bord de *l'Uranie*, où j'ai été mousse et matelot, pour vous servir.

Mme DE THÉRINGE.

Mais, mon ami, madame de Lascours est morte.

BARABAS.

Morte!... Au fait, elle était plus âgée qu'ça quand j'l'ai connue, Elle ne peut pas être autant rajeunie en quinze ans... Mais j'y suis, j'devine... c'est sa fille... (A Ogarita.) Vous êtes...

OGARITA.

Je ne vous connais pas.

BARABAS.

Vous ne me connaissez pas?... Allons donc!... Mais je vous connais bien, moi, et vous ne pouvez pas me repousser... ça serait mal, ça serait bien mal, mam'zelle Marthe.

OGARITA.

Marthe! Marthe!... Qui a prononcé ce nom?... Marthe! on m'appelait ainsi quand j'étais tout enfant... C'est le nom... ah! c'est le nom que me donnait ma mère!...

BARABAS.

Oui, oui, quand vous me tiriez le nez et les oreilles... celle-là surtout, qui en est toujours restée un peu plus longue; quand vous m'appeliez votre gros chien de Terre-Neuve, quand vous me faisiez aboyer... Et à cette heure, vous me repoussez, moi, votre pauvre...

OGARITA.

Attends! attends!... Barabas, n'est-ce pas?

BARABAS.

Elle m'a nommé!

OGARITA.

Ah! la nuit se déchire!... J'ai retrouvé mon enfance!... Oui, Barabas! (Il aboie; elle l'embrasse.) Oh! parle-moi! parle-moi de ma mère!...

BARABAS.

Excusez, mam'zelle... c'est que je flageole un peu sur mes vergues... et puis j'étrangle, voyez-vous... Enfin, j'vas faire de mon mieux.

Mme DE THÉRINGE.

Remettez-vous, remettez-vous, mon ami.

BARABAS.

Oui, monsieur... Ah! excusez, ma bonne dame... mais c'est que l'émotion... la joie... je... (A Ogarita.) Tenez, pour que je puisse parler, faut que je vous rembrasse! Ah! ça va mieux!... Nous approchions donc du Mexique, et je venais de chanter *Lariti*... Vous vous rappelez ben aussi c'l'air-là?...

OGARITA.

Continue...

BARABAS.

Alors, pour lors, v'là qu'un gredin pousse l'équipage à la révolte... Votre brave père l'empoigne, le désarme, le renverse... et dame... il allait l'embrocher, quand un autre gueux vous saisit et menace de vous jeter par-dessus le bord.

OGARITA.

Oui, je me rappelle cela... Tout à coup, une femme paraît, pâle, haletante, les bras étendus vers moi... Je crois la voir encore... Oui, je me souviens de ses traits. (Elle se trouve devant une glace.) Ah! je la vois, ma mère, je la vois deux fois... ici! (Elle montre son cœur.) Et là! là!... (Elle montre la glace.) C'est que j'ai tout son visage, n'est-ce pas?

DIANE et Mme DE THÉRINGE.

Oui, oui.

OGARITA.

O ma mère! ma mère!... je vois encore vos larmes de désespoir quand les révoltés vous abandonnèrent sur l'Océan, je sens encore l'étreinte de vos mains lorsque vous m'enleviez au-dessus des vagues, lorsque vos bras me déposaient sur ce bloc de glace... j'entends encore votre dernier adieu, quand les flots vous ont engloutie... car c'est ainsi qu'elle est morte, Diane, gardant tout son sang-froid pour me sauver. (Elle tombe en pleurant dans les bras de Diane.)

DIANE.

Vous disiez bien que Dieu ne laisserait pas son miracle inachevé.

Mme DE THÉRINGE.

Et l'homme qui avait excité la révolte?

HORACE.

Le misérable qui a causé la mort de monsieur de Lascours et de sa femme?

BARABAS.

C'était un nommé Carlos.

OGARITA.

Carlos!

BARABAS.

Vous vous l' rappelez ben, mam' zelle?

OGARITA.

Attends!

BARABAS.

Faut-il que j' vous refasse son portrait?... Il avait le teint brun, l'œil noir, les lèvres pincées... (D'Antas entre à ce moment; Mme de Théringe et Horace marchent à sa rencontre.)

### SCENE VIII.

LES MÊMES, D'ANTAS.

OGARITA, reconnaissant Carlos.

Ah!

BARABAS, de même.

Bonté divine!

OGARITA.

C'est lui, n'est-ce pas?

BARABAS.

Oui!

OGARITA.

Tais-toi! tais-toi!

BARABAS.

Oui, mam'zelle.

OGARITA, lui montrant une porte latérale.

Entre là...

BARABAS, à part.

Saprelotte! je ne demande pas mieux! J'ai si peur que je serais capable de l'étrangler. (Il s'esquive.)

HORACE, à d'Antas.

Vous ici, monsieur...

D'ANTAS, à Mme de Théringe.

Vous excuserez cette démarche, madame la comtesse, lorsque vous connaîtrez le motif qui m'amène...

Mme DE THÉRINGE.

Parlez, monsieur.

D'ANTAS.

Si vous avez des amis dévoués à la cour, madame, vous y avez aussi des ennemis puissants, et je viens d'apprendre avec un profond chagrin qu'un grand malheur menace votre famille.

TOUS.

Un malheur!

HORACE.

Lequel, monsieur? Parlez, car nos ennemis, j'en suis sûr, n'ont rien de caché pour vous.

D'ANTAS.

Vous vous trompez, monsieur Horace... J'ignore tout... Mais voici monsieur de Laval, qui pourra mieux que moi vous instruire.

### SCENE IX.

LES MÊMES, GEORGES, SOLDATS.

HORACE.

Georges!

D'ANTAS.

Approchez, monsieur de Laval, et dites-nous de quels ordres vous êtes porteur.

GEORGES.

Madame de Théringe et mademoiselle Diane de Lascours seront reconduites au Mexique sur un bâtiment de l'état...

DIANE.

Un nouvel exil!

Mme DE THÉRINGE.

A mon âge, mais c'est la mort!

OGARITA.

Oh! nous partirons ensemble, mère! Nous serons deux pour te consoler, pour t'aimer!

D'ANTAS, qui a pris l'ordre des mains de Georges.

Hélas! mademoiselle, l'ordre porte qu'elles partiront sans vous...

OGARITA.

Sans moi? Non, non, c'est impossible...

D'ANTAS.

C'est textuel.

OGARITA.

Et lui? Horace?...

HORACE.

J'attends mon tour.

GEORGES.

Au nom du roi, votre épée.

HORACE, la donnant.

Monsieur de Laval, je vous plains... Où doit-on me conduire?...

D'ANTAS.

A la Bastille.

DIANE et Mme DE THÉRINGE.

A la Bastille!

HORACE.

Mais elle?... Mon Dieu! elle?...

D'ANTAS.

Partez donc! (Les soldats emmènent Horace.)

OGARITA.

Horace!... et vous, ma mère... ma sœur!... Mais on ne peut pas nous séparer!

Mme DE THÉRINGE.

Non, non, c'est impossible!

DIANE.

Mais qu'on nous tue plutôt. (A d'Antas.) Oh! grâce, monsieur, grâce!

OGARITA, bas.

Tais-toi, tais-toi! ne lui demande pas grâce, à lui!

DIANE.

Marthe!

Mme DE THÉRINGE.

Ma fille! mon enfant! Que deviendra-t-elle?... Mon Dieu! mon Dieu! veillez sur elle! (Mme de Théringe et Diane s'éloignent après avoir serré dans leurs bras Ogarita qui est demeurée silencieuse et impassible.)

### SCENE X.

OGARITA, D'ANTAS.

OGARITA, à part.

Seule! seule au milieu d'un monde nouveau pour moi!... désarmée en face de l'assassin!... Seule, ai-je dit?... non, non, le Dieu de ma mère est à mes côtés! (Prenant une bible.) Ouvre-toi, livre saint que Diane m'a fait connaître, et conseille-moi... (Lisant.) « Judith!... Judith trouva l'Assyrien sous un pavillon tissu » de pourpre, couvert d'or et d'émeraudes... et Holopherne, dès » qu'il la vit, brûla d'amour pour elle... » (D'Antas est redescendu vers Ogarita, qui ferme la Bible et se relève calme et résolue.)

D'ANTAS.

Vous le voyez, mademoiselle, personne n'est capable de lutter contre moi.

OGARITA.

C'est vrai!

D'ANTAS.

Les princes eux-mêmes sont mes alliés, presque mes tributaires.

OGARITA.

C'est vrai!

D'ANTAS.

Cette puissance inouïe, je voulais la partager avec vous... (Mouvement d'Ogarita.) Oui, avec vous. Je voulais faire de vous la compagne de ma vie splendide, la femme d'un homme assez fort pour braver toutes les inimitiés et toutes les haines, pour écraser du talon tous les obstacles; assez haut placé pour que rien au monde ne pût l'abattre!... Ogarita, je vous avais offert ma main, et vous l'avez repoussée.

OGARITA, une main placée sur la bible et tendant l'autre vers d'Antas.

Marquis d'Antas, je l'accepte à présent!

---

## ACTE V.

Une grande et riche galerie soutenue par des colonnes, et fermée au fond par des tentures qui, en s'ouvrant, laissent voir un parc.

### SCENE I.

D'ANTAS, PLUSIEURS LAQUAIS, richement vêtus, UN INTENDANT, en costume très-simple.

D'ANTAS.

Avez-vous informé madame la marquise de notre départ?

L'INTENDANT.

Oui, monsieur le marquis.

D'ANTAS.

Qu'a-t-elle répondu ?

L'INTENDANT.

Madame la marquise m'a demandé à quelle heure monsieur le marquis comptait partir. Ce soir, ai-je dit, à huit heures. Madame la marquise s'est aussitôt mise à écrire, et elle m'a fait signe de sortir.

D'ANTAS, à part.

Écrire... à qui donc? (Haut.) J'ai changé d'avis, ce n'est plus ce soir, c'est dans un instant que nous quittons Paris.

L'INTENDANT.

Pardon, monsieur le marquis, mais les ordres que j'ai donnés...

D'ANTAS.

Vous en donnerez d'autres.

L'INTENDANT.

Mais les relais qu'on a préparés...

D'ANTAS.

Vous en commanderez de nouveaux.

L'INTENDANT.

Je crains que ce ne soit impossible, monsieur le marquis.

D'ANTAS.

Assez. Si vous voulez rester à mon service, ne me répétez jamais ce mot; payez dix fois, vingt fois, cent fois s'il le faut, mais que je sois obéi. Je pars dans une heure. Allez. (Tout le monde sort.)

## SCENE II.

D'ANTAS, seul, marchant avec agitation.

Oui, je veux que nous partions, Ogarita. Je veux t'arracher à ce monde qui t'entoure d'hommages et d'adorations. Nous verrons si, enfermée, seule avec moi, loin de cette cour que je t'avais donnée, tu repousseras encore mon amour. Me repousser! est-ce qu'elle a ce droit? est-ce que je ne suis pas son époux, son maître? — Son maître! pauvre fou! vainement mon orgueil se révolte, cette femme me domine... une parole échappée de ses lèvres brise tous mes projets, renverse toutes mes résolutions, et ma volonté la plus ferme vient échouer devant un de ses regards! Mais pourquoi a-t-elle consenti à ce mariage, si nous devions rester étrangers l'un à l'autre?... Que se passe-t-il dans son cœur?... que ne puis-je arracher du mien cet amour qui me rend faible et lâche!... Oh! femme! comme je te haïrai le jour où je redeviendrai maître de moi-même !

## SCENE III.

D'ANTAS, GEORGES, UN SECRÉTAIRE DE L'AMBASSADE D'ESPAGNE, PLUSIEURS SEIGNEURS.

UN DOMESTIQUE, annonçant.

Monsieur Georges de Laval, monsieur le secrétaire particulier de Son Excellence l'ambassadeur d'Espagne...

LE SECRÉTAIRE.

Nous venons vous faire nos adieux, monsieur le marquis. Le départ de Votre Excellence est un deuil pour chacun de nous; mais on comprend que, saturé de plaisirs et de fêtes, vous désiriez vivre à l'écart, tout entier à votre bonheur !

D'ANTAS, s'oubliant.

Mon bonheur!

LE SECRÉTAIRE.

Est-il au monde une femme plus belle, plus accomplie que madame la marquise d'Antas... et son amour ne vaut-il pas une couronne?

D'ANTAS.

Son... amour... oui... certes.

LE SECRÉTAIRE.

Et quelle joie pour vous, de pouvoir sans compter, semer l'or sous ses pas...

D'ANTAS.

C'est vrai; l'or, je puis le prodiguer à mon gré. Savez-vous comment je me suis fait l'ami de nos plus grands seigneurs, du Régent lui-même? Je joue contre eux... et je perds toujours...

TOUS.

Toujours!

D'ANTAS.

Je perds infailliblement. D'autres corrigent la fortune à leur profit; moi, je la corrige au profit de mes adversaires... D'autres trichent pour gagner; moi je triche pour perdre, au contraire; et tous ces gens-là m'aiment pour ce qu'ils appellent leur chance contre moi. Et tenez, monsieur le secrétaire de l'ambassade d'Espagne, si vous aviez fait hier ma partie et non celle d'un autre, on ne vous aurait pas gagné habilement dix mille écus!

LE SECRÉTAIRE.

Quoi! vous savez...

D'ANTAS

Est-ce que je ne sais pas tout? Mais qu'a donc monsieur de Laval à se tenir ainsi à l'écart?

GEORGES.

J'attends que vous soyez moins entouré, monsieur le marquis, pour recevoir vos ordres.

D'ANTAS.

Mes ordres...

GEORGES.

Monsieur le marquis, est-ce que vous exigez toujours que madame de Théringe aille mourir au Mexique, loin de son enfant...

D'ANTAS, bas.

Toujours!

GEORGES.

Est-ce que vous ne permettrez pas qu'Horace sorte de la Bastille?

D'ANTAS.

Non... (A part.) Horace, madame de Théringe, Diane, ce sont mes seules armes contre toi, Ogarita! (Haut.) Quand doit mettre à la voile le navire en partance pour le Mexique?

GEORGES.

Dans huit jours.

D'ANTAS.

Bien.

GEORGES.

Mais vos vœux ne sont-ils pas accomplis, monsieur le marquis? Ogarita n'est-elle pas depuis un mois votre femme? Que manque-t-il donc à vos désirs, à votre bonheur? Qui vous empêche d'être enfin plus généreux?

D'ANTAS.

Assez... Je n'aime pas les moralistes, monsieur de Laval, et j'entends que mes serviteurs m'obéissent aveuglément.

GEORGES.

Je ne suis pas votre serviteur, monsieur!

D'ANTAS.

C'est vrai... mes serviteurs sont libres de me quitter et d'agir ensuite à leur guise... Il n'y a que mes esclaves que je tiens rivés à la chaîne.

GEORGES, avec énergie.

Oh! monsieur! si jamais je pouvais briser la mienne...

D'ANTAS, avec ironie.

Quel plaisir vous auriez à vous venger de moi !... Je comprends cela, mon cher; mais vous ne pouvez pas, vous ne le pourrez jamais... Allons, je reçois vos adieux, messieurs, car voici l'heure du départ

## SCENE IV.

LES MÊMES, OGARITA, en grande toilette de cour.

OGARITA.

Des adieux!... un départ !... non.

D'ANTAS.

Comment?

OGARITA.

Ogarita vous salue. (Tout le monde s'incline.) Vous serez les bienvenus à la fête qu'elle donne ce soir.

D'ANTAS.

Y songez-vous?... une fête !

OGARITA.

Oui.

D'ANTAS.

Mais on vous a fait part de ma volonté?

OGARITA.

Oui.

D'ANTAS.

Et vous avez ordonné une fête?

OGARITA.

Oui.

D'ANTAS.

Et vous n'avez pas craint ma colère?

OGARITA.

Non.

D'ANTAS.

Prenez garde.

OGARITA.

D'Antas a des paroles de menace pour Ogarita!... non... Que ses yeux s'arrêtent sur les miens, et d'Antas redeviendra doux et soumis.

D'ANTAS.

Soumis... moi...

OGARITA. Elle laisse tomber son éventail; plusieurs seigneurs se baissent pour le ramasser.

Arrêtez... Ogarita n'a qu'un seul serviteur. Allons... allons donc, inclinez-vous, monsieur le marquis... courbez le genou, mon maître!... (D'Antas se baisse, en effet, et tient ses yeux fixés sur ceux d'Ogarita. Il ramasse l'éventail.) Vous voyez bien... (Elle prend l'éventail, d'Antas veut lui saisir la main, qu'elle retire vivement.) Relevez-vous maintenant, Ogarita ne veut rien autre chose de vous.

D'ANTAS.

Oh! c'en est trop!

OGARITA.

Qu'est-ce donc?

D'ANTAS.

Il faut que je vous parle, il faut que nous soyons seuls.

OGARITA.

Allez contremander ce voyage; moi, je vais congédier nos amis jusqu'à la fête de ce soir.

D'ANTAS.

Une fête!... Mais je n'ai pas dit que je voulais...

OGARITA.

Qu'importe, si j'ai dit je veux, moi?

D'ANTAS.

Madame!

OGARITA.

N'avons-nous pas une seule volonté?... une seule âme?... A tout à l'heure... ami!

D'ANTAS, s'éloignant.

A... tout à l'heure... A bientôt, messieurs. (Il sort.)

## SCENE V.

LES MÊMES, moins D'ANTAS.

OGARITA.

Ah! je respire enfin!... Encore une fois je me suis vaincue moi-même.

LE SECRÉTAIRE.

Nous profiterons ce soir, madame la marquise, de votre invitation. (Tout le monde s'incline, se dirige vers le fond et sort.)

OGARITA, au Secrétaire.

Ne partez pas, monsieur. (A Georges.) Reste!

## SCENE VI.

OGARITA, GEORGES, LE SECRÉTAIRE, puis BARABAS.

OGARITA, au Secrétaire.

Monsieur le secrétaire de l'ambassade d'Espagne, j'ai un service à vous demander et peut-être un service à vous rendre.

LE SECRÉTAIRE.

Parlez, madame.

OGARITA.

Hier, on vous a déloyalement gagné une somme importante, et vous souffrez de ne pouvoir vous acquitter de suite.

LE SECRÉTAIRE.

Oui, car j'aurais le droit de châtier celui qui m'a pris pour dupe.

OGARITA.

Cette somme, aucun de vos amis n'a pu vous la prêter?

LE SECRÉTAIRE.

Aucun.

OGARITA.

Attendez. (Elle frappe sur un timbre.)

BARABAS, paraissant.

On peut entrer?

OGARITA.

Approche.

BARABAS.

Il n'est pas ici?

OGARITA.

As-tu peur?

BARABAS.

Peur! moi!... je crois bien.

OGARITA, montrant le Secrétaire.

Monsieur a besoin d'argent.

BARABAS.

Ah! combien qu'y faut à monsieur?

LE SECRÉTAIRE.

Comment! ce garçon!...

BARABAS, avec fatuité.

Je suis le *banquetier* de madame la marquise... combien qu'y faut à monsieur?

LE SECRÉTAIRE.

Je ne sais si je dois...

BARABAS.

Vous ne devez pas encore, puisque vous n'avez pas touché... Combien qu'y faut à monsieur?

OGARITA.

C'est... je crois...

LE SECÉTAIRE.

Dix mille écus! mais...

BARABAS.

Que ça?... (Sortant des rouleaux d'or et des billets de caisse de sa poche.) Voilà... faites bien vot' compte... si ça n'est pas assez, parlez! (ouvrant sa poche) la caisse est ouverte!

LE SECRÉTAIRE.

J'accepte, madame, parce que je suis sûr de pouvoir m'acquitter bientôt.

BARABAS.

C'est tout?... fermons le caisse. (Il se boutonne.)

LE SECRÉTAIRE.

Mais vous parliez d'un service que je pourrais à mon tour...

OGARITA.

Avez-vous fait venir d'Espagne les renseignements que je vous avais demandés?

LE SECRÉTAIRE.

Les archives de la famille d'Antas?

OGARITA.

Oui... eh bien?

LE SECRÉTAIRE.

Elles sont arrivées à l'ambassade.

OGARITA.

Il me les faut aujourd'hui, ce soir, dans une heure! voilà le service que j'attends de vous. C'est une surprise que je ménage à mon mari.

LE SECRÉTAIRE.

Vous serez satisfaite, madame la marquise.

OGARITA.

Bien. (Elle le congédie du geste et s'approche de Georges.)

BARABAS.

Et d'un!

OGARITA.

Georges, ma mère et ma sœur doivent bientôt partir pour la terre d'exil?

GEORGES.

Dans huit jours!

BARABAS.

Saprelotte! que c'est court!

OGARITA.

La captivité d'Horace doit durer longtemps?

GEORGES.

Toujours, peut-être...

BARABAS.

Sapristi, que c'est long!

GEORGES.

Le ciel m'est témoin que je donnerais ma vie pour les sauver; mais, hélas!... ce n'est pas ma vie seule qui sert d'otage à leur bourreau!

OGARITA.

Je le sais!... Barabas...

BARABAS.

Voilà!... faut-il rouvrir la caisse?

OGARITA.

Non... ce papier?

BARABAS.

Ah bon! le voici.

OGARITA, le présentant à Georges.

Georges, tu as commis une faute, mais tu l'as cruellement expiée... que le souvenir en soit anéanti... (Elle remet le papier à Georges.)

GEORGES, *le parcourant.*

Qu'ai-je vu!... vous me rendez ma liberté!... vous me rendez mon honneur, vous me rendez la vie!

BARABAS.

Tout ça dans ce chiffon de papier-là?

OGARITA.

Calmez-vous.

GEORGES.

Oh! madame, soyez bénie pour ce que vous venez de faire; il y a cinq ans que ce honteux souvenir pèse sur mon cœur... il y a cinq ans que je n'ose plus embrasser mon père, et je suis libre enfin, libre par vous!... Ogarita, je vous appartiens, qu'ordonnez-vous, parlez.

OGARITA.

Ami, souviens-toi de ceux qui souffrent; fais selon ta conscience, Dieu te regarde.

GEORGES.

Je vous comprends, Ogarita, et je cours me jeter aux pieds du régent.

OGARITA.

Va, va! (*Georges sort par le fond.*) Voici d'Antas.

BARABAS.

D'Ant... Ah! nom d'un foc! je me sauve! (*Il sort par le côté.*)

### SCENE VII.

OGARITA, D'ANTAS.

D'ANTAS.

Seule?

OGARITA.

Ne m'aviez-vous pas ordonné de renvoyer tout ce monde?

D'ANTAS.

Oui, ces gens qui me félicitent sans cesse de mon bonheur; ne trouvez-vous pas que ce soit là une amère dérision, et que je doive y mettre un terme?

OGARITA.

Que manque-t-il à ce bonheur?

D'ANTAS.

Est-ce bien vous qui le demandez? Vous qui savez quel amour me consume! Amour passionné, violent, et que vous repoussez avec dédain. Mais pourquoi me preniez-vous pour époux, si mon amour vous était odieux?

OGARITA.

Vous vous trompez, d'Antas. J'ai voulu, je veux... être aimée de vous... je le veux!..... Cet amour, c'est mon désir le plus cher, mon vœu le plus ardent, et je vous le jure, d'Antas, vous ne m'aimerez jamais autant que je le voudrais.

D'ANTAS.

Moi... je ne vous... Tenez, faut-il vous ouvrir mon âme tout entière? Eh bien! sachez-le donc, et riez de ma faiblesse, Ogarita; vous êtes devenue mon unique pensée, le but de tous mes désirs, l'objet de tous mes rêves! Mon pouvoir, mes trésors, je les donnerais pour vous voir moins inexorable... Chacune de vos paroles vibre au fond de mon cœur, chacun de vos sourires m'enivre, chacun de vos regards me donne le vertige... et me fait perdre la raison; et le plus horrible supplice que je puisse concevoir, ce serait de mourir sans vous avoir possédée.

OGARITA, *avec joie.*

Parle, parle toujours. Ah! je te jure que je suis heureuse, bien heureuse de t'entendre.

D'ANTAS.

Se peut-il? Vous me le jurez?

OGARITA.

Oui, je le jure.

D'ANTAS.

Ogarita!

OGARITA.

Je le jure... par la mémoire de ma mère!

D'ANTAS, *s'éloignant.*

De... (*A part.*) De sa mère! Ce souvenir dans un pareil moment!

OGARITA.

Que je me trouve brillante, grâce à vous, monseigneur, grâce à votre richesse; mais je vous parais peut-être bien gauche sous cette éclatante parure?

D'ANTAS.

Vous?

OGARITA.

Une pauvre fille sauvage! Personne ne m'a appris à porter ces riches atours... Je n'avais pour m'instruire que ma sœur et mon aïeule; on les a emmenées loin de moi.

D'ANTAS.

Vous seriez heureuse de les revoir?

OGARITA.

Oh! oui! et l'on m'assure qu'il suffirait d'une demande adressée par vous au régent, pour qu'elles me fussent rendues... est-ce vrai?

D'ANTAS.

Peut-être!

OGARITA.

Alors, monseigneur, écrivez, écrivez-donc, ou je croirai que vous me trompiez tout à l'heure; que vous ne m'avez jamais trouvée belle, et que vous ne m'avez jamais aimée! (*Lui mettant la plume dans la main.*) Allons donc, allons...

D'ANTAS, *s'animant.*

Oui, j'écrirai cela; oui, je te rendrai ta famille; je deviendrai ton esclave le plus soumis, le plus humble... mais que je voie ta bouche me sourire; mais qu'une seule parole d'amour s'échappe enfin de tes lèvres...

OGARITA.

Moi... que je dise...

D'ANTAS.

N'es-tu pas ma femme... mon trésor le plus beau, le plus cher, tout mon bien, toute ma vie... Ne détourne pas les yeux, Ogarita; je t'aime, je t'aime! (*Il veut l'entourer de ses bras.*)

OGARITA.

Laissez-moi.

D'ANTAS.

Non, non, tu es à moi; tu m'appartiens; tu ne m'échapperas plus, Ogarita...

OGARITA.

Eh bien! regardez-moi donc, monsieur le marquis; regardez-moi bien en face, et répétez que vous m'aimez.

D'ANTAS.

Que signifie...

OGARITA.

Moi, moi, dans vos bras!

D'ANTAS.

Ne suis-je pas... votre époux?

OGARITA.

C'est vrai, mon époux, mon maître. Et je vous dois compte de ce qui se passe dans mon cœur, marquis d'Antas!... ma famille a été lâchement assassinée. Vous savez cela, je crois?

D'ANTAS.

Oui... je le sais...

OGARITA.

Oui, je vous l'ai dit, n'est-ce pas?... ce crime, je vous le rappelle souvent, bien souvent... mais je ne vous ai pas dit quelle haine implacable, quelle haine de sauvage il y a là contre le meurtrier; je ne vous ai pas dit vers quelle vengeance je marchais à pas lents, l'œil fixe, retenant mon souffle, sans remuer une feuille, sans déranger un grain de sable comme on se glisse au désert pour surprendre un ennemi à travers buissons, savanes et torrents.

D'ANTAS.

Ce regard... ce sourire...

OGARITA.

Vous êtes riche, et j'ai accepté cette richesse pour la mettre au service de ma vengeance. Vous êtes puissant, et j'ai accepté votre puissance pour écraser le coupable. Vous m'aimez? celui que j'aimerai, moi, c'est l'homme qui arrachera son masque à l'assassin, l'homme qui me l'amènera pieds et poings liés, pour que je le jette ensuite au bourreau. Marquis d'Antas, voulez-vous être cet homme-là?

D'ANTAS, *avec effroi.*

Ogarita!

OGARITA, *avec force.*

Appelez-moi Marthe de Lascours!...

D'ANTAS, *la regardant avec méfiance.*

Marthe de Lascours!

OGARITA.

Oui, Marthe!... sauvée par son Dieu du gouffre qui dévore, et du méchant qui tue!... Maintenant, dites-moi donc que vous m'aimez... je vous écoute.

D'ANTAS.

Eh bien, Marthe de Lascours, à nous deux! car j'ai lu dans votre âme.

OGARITA.

Tant mieux, cette contrainte me tuait.

D'ANTAS.

Oui, je vous ai comprise, et je vous dis que je suis toujours votre maître.

OGARITA.

Mon maître!...

D'ANTAS.

Vous évoquez le souvenir de ceux qui ne sont plus, et vous oubliez ceux qui sont vivants... vous oubliez tout ce que je peux contre vous, tout ce que je peux contre eux... malheur à ces deux femmes, le navire qui les emportera bientôt m'appartient.

OGARITA.

Lâche!

D'ANTAS.

Malheur à cet Horace que vous aimez, les portes de son cachot peuvent être murées sur lui.

OGARITA.

Lâche et assassin!

D'ANTAS.

Ah! vous vous êtes trahie trop tôt, Marthe de Lascours!...

UN DOMESTIQUE, annonçant.

Madame la comtesse de Théringe, et mademoiselle Diane de Lascours.

D'ANTAS.

Elles!

OGARITA.

Ma mère!... ma sœur!...

LE DOMESTIQUE.

Monsieur le chevalier Horace de Brionne.

D'ANTAS.

Horace! lui aussi!

OGARITA.

Me suis-je trahie trop tôt, monsieur le marquis?

## SCÈNE VIII.

LES MÊMES, HORACE, Mme DE THÉRINGE, DIANE, puis GEORGES.

D'ANTAS.

Horace!... ici, chez moi, mais c'est un rêve. (Il tombe assis dans un fauteuil.)

OGARITA.

Ah! je vous revois enfin! (Elle court à Mme de Théringe, qui la repousse doucement.) Vous me repoussez!

Mme DE THÉRINGE.

Sans une volonté souveraine qui m'amène chez vous, je ne vous aurais jamais revue, madame.

OGARITA.

Madame!

D'ANTAS.

Une volonté souveraine?...

OGARITA.

Et vous, Horace, est-ce que vous m'accusez, est-ce que vous me repoussez comme elles?

HORACE.

Je ne souhaitais pas que ma présence fût un reproche de plus pour vous... je n'ai pas demandé qu'on ouvrît les portes de la Bastille, et il a fallu un ordre formel du régent pour me contraindre à venir ici.

D'ANTAS.

Le régent! (A part.) Mais... qui donc a pu lui faire signer cet ordre?

OGARITA, regardant Horace.

Comme il est pâle!... comme il a souffert! mon Dieu!

HORACE.

Oh! oui, j'ai bien souffert; mais c'est ce mariage honteux qui m'a brisé le cœur! Un homme emprisonnait ou chassait les vôtres, et c'est lui que vous avez choisi pour époux.

OGARITA.

C'est vrai!

HORACE.

C'est à l'heure de notre persécution que vous lui avez donné votre main.

OGARITA.

C'est vrai.

HORACE.

Et pour lui vous avez renoncé à notre affection, à notre tendresse, à nous...

OGARITA.

Au nom du ciel, Horace!

HORACE.

Oh! je ne vous accuserai pas longtemps, Marthe; c'est malgré moi qu'ils m'ont rendu à la liberté; mais si l'on peut me refuser un cachot, du moins on ne me refusera pas une tombe.

OGARITA.

Et toi, Diane, est-ce que tu n'auras aussi pour moi que des paroles d'amertume et de colère?

DIANE.

Je te plains, ma sœur, et je te pardonne, et malgré moi je t'aime! je t'aime toujours!

OGARITA, l'embrassant.

Oh! merci! merci! (A d'Antas.) Eh bien, monsieur, est-ce assez de douleurs, et l'épreuve est-elle achevée?... Mais dites-leur donc que je ne me suis enchaînée à vous que la haine et la vengeance dans le cœur!

TOUS.

Que dit-elle?

D'ANTAS.

Prenez garde!...

OGARITA.

Ah! vous croyez que j'ai épousé cet homme parce qu'il est puissant! parce qu'il est riche!... Allons donc! je suis plus infâme que cela, moi!... Je me suis faite la femme de l'assassin de ma mère!...

TOUS.

L'assassin...

D'ANTAS.

Vous mentez!...

HORACE, à Ogarita.

Parlez, expliquez-vous.

D'ANTAS, avec menace.

Pas un mot de plus, madame, ou je jure...

OGARITA.

Votre épée, Horace!... qu'il ne puisse ni appeler ni s'enfuir... Je veux qu'il m'entende jusqu'à la fin.

HORACE, barrant le passage à d'Antas.

Je jure Dieu qu'il vous écoutera.

D'ANTAS, avec rage.

Et pas une arme!...

HORACE.

Oh! je vous tuerais, voyez-vous! je vous tuerais! (Il pointe son épée sur la poitrine de d'Antas.)

D'ANTAS.

Et personne à mon aide!

HORACE.

Parlez, Marthe, parlez.

OGARITA.

J'ai enchaîné ma vie à la vôtre, marquis d'Antas, pour épier chacune de vos démarches, pour deviner chacune de vos pensées.. j'ai enchaîné ma vie à la vôtre pour mieux surprendre vos secrets et reconstruire votre existence passée... J'ai semé, pour découvrir vos crimes, dix fois plus d'or que vous n'en semiez pour les cacher... Enfin, si j'ai saisi la main que vous m'offriez, c'était pour vous entraîner vers l'abîme!...

Mme DE THÉRINGE, pressant Ogarita dans ses bras.

Ma fille bien-aimée!...

DIANE.

Ma sœur!...

OGARITA.

Voilà ce que j'ai fait, et c'est le Dieu de Judith qui m'a inspirée et je sens encore son souffle dans mes cheveux!...

HORACE, abaissant son épée.

Vous êtes perdu!...

D'ANTAS.

Oh! malheur à celui qui m'a trahi près du régent!

GEORGES, entrant.

Celui-là, c'est moi, monsieur le marquis.

D'ANTAS.

Georges!...

OGARITA.

Oh! ne le menacez pas, monsieur! je lui ai rendu cet écrit dont vous vous faisiez une arme contre lui.

D'ANTAS.

Qu'il soit libre... Que me font vos accusations?... Encore une fois, quelles preuves avez-vous?...

OGARITA.

Attendez, attendez... Voici tous vos amis, toute votre cour... Vous êtes bien puissant, monsieur le marquis.

D'ANTAS.

Assez encore pour vous écraser tous!...

## SCENE IX.

LES MÊMES, TOUS LES SEIGNEURS, LE LIEUTENANT CRIMINEL ET SES ASSESSEURS.

D'ANTAS.

Venez, venez... (Apercevant le Lieutenant criminel et sa suite.) Le lieutenant criminel!

OGARITA.

C'est moi qui vous ai appelés, messieurs. J'ai promis de vous livrer l'assassin de la famille de Lascours.

TOUS.

L'assassin!

OGARITA.

Il y a quinze ans, il s'appelait Carlos.

D'ANTAS, bas.

Carlos!

OGARITA.

Aujourd'hui on le nomme le marquis d'Antas.

TOUS.

D'Antas!

LE SECRÉTAIRE D'AMBASSADE.

Le marquis d'Antas?... J'apporte ici la preuve que le dernier d'Antas est mort il y a vingt ans!

D'ANTAS.

Si je ne m'appelle pas d'Antas, qui affirmera que je me sois jamais appelé Carlos? qui peut dire que j'aie jamais navigué avec le capitaine de Lascours, quand, des passagers et de l'équipage de *l'Uranie*, personne n'a survécu...

## SCENE X.

LES MÊMES, BARABAS.

BARABAS.

Personne... eh bien! et moi, donc?... bonjour, monsieur.

D'ANTAS.

Qui êtes-vous? je ne vous connais pas...

BARABAS.

Qui je suis?... Adelaïde Barabas, matelot de *l'Uranie*, et je vous reconnais, M. Carlos! à preuve que vous avez fait tirer sur moi plus de vingt coups de feu sans m'atteindre; moi, je n'en ai lâché qu'un seul, un petit... (Il s'approche peu à peu de d'Antas.) Mais la balle s'est logée là... (Il lui ouvre brusquement son habit.) Regardez... on voit la marque... marquis.

D'ANTAS, le repoussant.

Misérable!...

BARABAS.

Hein! quelle chance que je ne vous aie pas tué de ce coup-là!... on ne pourrait pas vous pendre aujourd'hui.

D'ANTAS, hors de lui.

Perdu!... moi!... moi dont la richesse est sans bornes, perdu... moi dont le pouvoir est sans limites, moi qui pourrais payer des armées et acheter des royaumes, allons donc, c'est impossible! c'est impossible!...

OGARITA.

Oui, vous tombez au milieu de votre luxe, de cette grandeur, de cette puissance que vous avez crue inattaquable, parce qu'au-dessus de toute grandeur et de toute puissance, il y a la loi!

D'ANTAS, écrasé.

La loi! (Le lieutenant criminel fait signe à ses gens de s'emparer de d'Antas, celui-ci relève la tête.) Eh bien! je mourrai sans peur, du moins; faites votre devoir. Marchons! marchons! (Il sort devant les gardes.)

DIANE, bas.

Horace, il n'y a jamais eu de marquise d'Antas... c'est toujours Marthe de Lascours... Horace... vous serez mon frère!

OGARITA.

Diane!...

BARABAS.

Un mariage!

OGARITA.

Tu resteras auprès de nous...

BARABAS.

Toujours! toujours à votre service... (Montrant ses oreilles.) Et ces deux-là, au service de vos petits-enfants!

Paris. — Typ. Morris et Comp., rue Amelot, 64.

www.ingramcontent.com/pod-product-compliance
Ingram Content Group UK Ltd.
Pitfield, Milton Keynes, MK11 3LW, UK
UKHW022151260726
13993UKWH00005B/2304

9 782329 016962